LES

VACANCES DE NOËL

2ᵉ SÉRIE IN-8°.

Propriété des Éditeurs,

Eugène Ardaur et Cie

BÉNÉDICT H. RÉVOIL.

LES
VACANCES
DE NOËL

RÉCITS DE CHASSE

LIMOGES
EUGÈNE ARDANT ET Cie, ÉDITEURS.

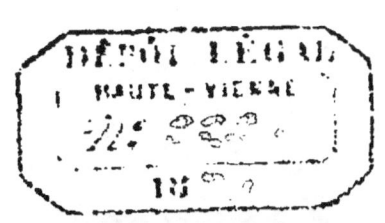

LES

VACANCES DE NOËL

I. —Avant la Noël. — La vie au Collége.

Depuis la rentrée au collége de ***, les études sérieuses avaient succédé aux dissipations des vacances. Le travail remplaçait les jeux ; les écoliers, au lieu de humer la brise embaumée des campagnes et des forêts, respiraient l'air renfermé des salles et des dortoirs du lycée.

Lucien et Henry, les deux cousins, qui avaient passé de si beaux jours pendant les vacances de septembre et d'octobre, feuilletaient à cette heure les auteurs grecs et latins, suivaient un cours d'histoire et de sciences mathématiques.

Mais se rappelant leurs amusements du château de Morcerf, ils passaient leurs heures de récréation à se souvenir de ces promenades agrémentées de chasses et de gais propos.

Bien souvent l'un ou l'autre se plaçait devant le tableau peint en noir, et, à l'aide de la craie, dessinait des fusils, des piéges, des arbres à pipées, ou des filets sous lesquels se débattaient des oiseaux les ailes tendues, frissonnant de frayeur.

La température était devenue plus sévère. L'hiver, comme s'il eût voulu s'harmoniser avec la gravité du collége et le sérieux de ses études, s'était assombri, l'atmosphère était devenue plus froide.

L'aspect de la campagne terne et dénudée n'offrait de changement à cette nature triste que vers les cimes des monts, que la neige avait recouverts de son manteau étincelant de blancheur.

Dans les bois le vent détachait à chaque instant les feuilles roussies par les frimas et pénétrait en sifflant au milieu des taillis, qu'il dépouillait de leur verdure noircie par l'air glacial.

La fontaine du rocher ne gazouillait plus; l'oiseau, ce chanteur ailé des joies naïves, ne faisait plus entendre son doux ramage ; la mousse jaunissait au pied des arbres, et les senteurs balsamiques des sapins s'étaient dissipées.

Cette saison de l'hiver qui rend le cœur triste et morose est un enseignement pour tout esprit qui veut bien réfléchir. Cette vue enseigne aux jeunes gens qu'ils n'ont encore goûté qu'au lait des années, qui deviendront rudes et décolorées à mesure qu'ils avanceront en âge.

Pour ceux qui ont dans l'âme un sentiment inné d'énergie et d'espérance, cet aspect des frimas intellectuels n'est qu'un simulacre des transitions.

La Providence a placé les soupirs de l'homme comme la saison hivernale, entre les souvenirs de l'automne et les joies du printemps.

Allons ! jeunes gens ! souvenez-vous d'avoir patience et courage lorsque vous rencontrerez la douleur dans le chemin de la vie !

De même qu'il n'y a pas de roses sans épines, de même le plaisir n'existe pas sans peine ; ainsi les yeux se remplissent de larmes.

Quel que fût le deuil extérieur de la nature au collége de ***, l'intérieur était rempli d'animation et de gaieté. On s'y livrait à l'étude, mais après les heures des classes on étudiait et l'on jouait, on courait, on sautait, on se dédommageait par une espièglerie de la sévérité du maître. Puis, quand arrivait un jour de congé, on faisait des promenades sur les montagnes et dans les vallées, on traversait le village avec un petit air conquérant : les petits *huitièmes*, grenadiers du collége, marchant en tête ; les rhétoriciens à l'arrière-garde. N'eussent été les sourires et l'épanouissement de toutes ces jeunes figures, on eût dit quelque chose de formidable ; j'aurais eu peur pour le muletier inoffensif, pour la bonne ânière qui aiguillonnait sa bête nonchalante, et pour le malencontreux paysan qui se trouvait là précisément quand on sautait dans son pré. Que de rires espiègles ! Mais les jeunes promeneurs ne se permettaient jamais rien de méchant. Ils étaient bons, gentils, prévenants avec tout le monde.

Et quand la troupe joyeuse arrivait au coin d'une forêt pour s'abriter un peu des rayons du soleil, elle se partageait en deux camps ; on jouait à la grande paume ou aux

barres, aux billes, quand la terre était sèche,
au bâton pointu quand elle était molle, au
cheval fondu quelquefois, mais c'est là un
vilain jeu, que je n'aime pas. Quand on se
trouvait dans un vallon, les plus jeunes éta-
blissaient des moulinets sur les cascatelles
du ruisseau, que les grands s'amusaient à
franchir. Lorsque la neige avait étendu son
blanc manteau sur la terre, on improvisait,
comme à Brienne, des boulets inoffensifs et
de petites batailles; ou bien, sur le penchant
d'un coteau, l'on faisait rouler les avalan-
ches.

Joies folles du collége, courses d'hiver,
beau jeu de barres, merveilleuses glissades,
je pense encore à vous !

Charles aimait aussi particulièrement les
glissades et les boules de neige, quand il ne
tombait pas pendant les premières et qu'il
lançait les secondes, exercice auquel il était
fort habile ; toutefois lui et son ami ne purent organiser qu'une seule fois deux ar-
mées rivales, dont ils furent chacun les
chefs. Les sept semaines qui suivirent la
rentrée furent brumeuses, sans être précisément froides : un jeudi seulement ils virent blanchir le sol de neige, et l'on arriva

à Noël sans avoir à se plaindre des frimas.

Noël! religieux Noël! Salut! toi et ce nou‾vel an qui te suit, époque réservée aux joies des enfants, à l'allégresse des familles, aux cadeaux, aux étrennes. Noël était le cri de triomphe de nos preux dans le moyen âge, mais de notre temps Noël est fête, par les *bonnes fêtes de Rome*, le Christkindel de l'Alsace-Lorraine, notre province arrachée à la France, et à ce moment-là on a huit jours de vacances dans chaque collége de France. Noll! Noël!

Au temps de nos guerres, quand la patrie appelait tous ses enfants à la défense de son sol, le père d'Alfred, le brave vétéran Robert, du premier empire, était parti avec un de ses frères, qui, après avoir été fait prisonnier par les Prussiens, était revenu après la paix dans son pays, et s'était fixé dans cette partie des montagnes de la Franche-Comté où la Loire, cette jolie rivière qui coule si paisiblement à travers les vallées, prend sa source et s'échappe en bouillonnant d'une masse de rochers.

Le brave soldat habitait, à côté de ses deux fermes, dans une de ces maisons confortables et hospitalières qu'on aime tant à voir, à mi-

côte d'une montagne. Cette habitation, blan-
chie à la chaux, était recouverte en lames min-
ces d'ardoise du pays : au devant s'étendait une
cour spacieuse, les remises et les granges se
trouvaient derrière, près d'un grand jardin
où se dressaient des ruches d'abeilles ; plus
loin c'étaient des pacages entourés de bos-
quets et de barrières. Dans cet enclos, avivé
par des fontaines, on mettait au vert, chaque
printemps, de jeunes chevaux hennissants et
agiles, et des vaches laitières ; et chaque
matin quand se levait le soleil, et le soir
quand tombait la brume, passait avec son
chariot remplie de boîtes de lait frais, un
jeune garçon qui parcourait les fermes. En
hiver il y avait dans ce pays tranquille une
poésie qui charmait le voyageur.

Au milieu de ses terres, et travaillant lui-
même à tous les travaux champêtres, le frère
du colonel Robert, après avoir pleuré la perte
d'une épouse chérie, passait auprès de son
fils Albert, qui avait vingt ans, et de sa
bonne Clara, qui en avait seize, des jours encore heureux. On aimait voir cette jeune fille
si bonne et si candide, à la figure souriante,
à l'air timide et empreint d'innocence, sa
blonde chevelure à moitié cachée sous un

chapeau de paille de riz incliné sur son front,
se mêler au mois de juin avec les jeunes
filles des fermes, et amonceler avec elles les
meules embaumées qui couvrent les prairies
à l'époque de la fenaison. Son frère Albert
était un bon jeune homme d'une vivacité
charmante ; on le trouvait partout où le travail et l'activité étaient requis, le printemps
et l'été dans les champs, une partie de l'automne et de l'hiver à la chasse, et l'on devinait,
à le voir en cette saison vêtu d'un frac vert aux
boutons ornés de têtes de cerfs, surtout quand
on étudiait ses manières, dont la politesse habituelle laissait poindre parfois un peu de
brusquerie, quand on sentait son œil de lynx,
qu'il était la terreur des lièvres et des renards. Sa casquette fourrée, sa gibecière sur
l'épaule, son fusil Lefaucheux à deux coups,
tout son costume de chasse lui allait très-
bien, et quand on le voyait sur les déclivités
des collines précédé de Castor et Pollux, qui
relançaient le gibier devant lui, ajuster ce
dernier avec grâce et sûreté de coup d'arrêt,
on disait : « Albert est un bon chasseur. » Il
ne lui manquait réellement, pour être un
chasseur accompli, que l'expérience que
donnent les années.

Son père l'aidait en cela, et l'accompagnait souvent dans ses courses, où, malgré son âge, il se plaisait autant qu'un jeune homme; la chasse a réellement pour tous quelque chose de vivifiant et d'attractif, aussi bien pour celui qui n'a cherché que les émotions naïves et tranquilles de son horizon de montagnes, que pour ces existences inquiètes, qui, loin de la terre natale, sont allées chercher sous mille formes ce qu'il y a d'émotionnant dans le fond de la vie.

Quelle que fût cette simplicité de mœurs, on ne trouvait pourtant pas de sauvagerie dans l'intérieur de cette famille patriarcale. Albert et sa sœur avaient reçu cette éducation que les familles aisées donnent en France à leurs enfants. Le jeune homme avait passé six ans au collége, Clara presque aussi longtemps dans un pensionnat de la ville : tous deux, en se livrant aux travaux champêtres, aimaient aussi l'étude, le dessin, la musique et la lecture des poètes qui font rêver l'âme.

Un de ces événements funestes qui jettent sur de jeunes vies les nuances de la douleur, la mort d'une mère, était venu donner des larmes à leur riante enfance et une teinte de deuil à leur imagination : ils trouvaient un charme consolateur et une harmonie avec leurs regrets, à écouter les rafales du vent, les soupirs de la brise, le frôlement du feuillage, à contempler un nuage perdu dans le ciel, le lever et le coucher du soleil, les ombres et les fantômes du soir, les aspects de la lune tantôt voilée par les nuages qui fuient sur l'aile des vents, tantôt découverte et offrant à la vue son disque argenté et mélancolique.

Ils aimaient tous les deux à faire des excursions dans la campagne ; ils se promenaient alors ensemble dans les sentiers de leurs montagnes, ou bien erraient à travers les prairies du vallon, en se tenant par la main et en se confiant leurs sentiments les plus intimes : ils éprouvaient l'un et l'autre le même amour pour leur père, qui en retour payait de l'affection la plus vive leur filiale tendresse. Ce qui leur inspirait ces touchants sentiments de famille, c'était l'image de leur mère ; et ce souvenir des sourires et des baisers dont elle couvrait jadis leurs jeunes fronts, était toujours vivant dans ces jeunes cœurs.

II. — Les Vacances. — Les brumes d'hiver. — L'arrivée chez l'oncle.

Retournons au collége. Un mardi soir, deux jours avant Noël, le principal venait d'annoncer une semaine de vacances qui devait commencer à dater du lendemain. Cette nouvelle procura une joie inimaginable pour qui ne l'a pas éprouvée; de cette étourdissante joie on passa à des clameurs folles. Ces jeunes tête brumes et blondes de douze à seize ans ondoyaient, fluctuaient, pareilles à des vagues, se heurtaient, se formaient en groupes, se séparaient pour se réunir à nouveau; le plaisir, comme une rose, s'épanouissait sur tous les fronts.

L'écolier qui à ce cri : « Vacances! » ne se sent pas électrisé et dans la figure n'a rien qui rayonne, est vraiment à plaindre, car s'il est triste c'est qu'il n'a pas de parents sans doute, le pauvre enfant, pas d'amis, pas de pays natal, où, bercée par sa mère, son enfance s'est écoulée; privé rudement dès ses premières années de sourires, de baisers et de rayons bénis, il pousse dans la vie comme une fleur étiolée et sans arome. Oui! plaignez le malheureux enfant, et s'il est bon devenez son ami!

— De quel côté irons-nous demain, monsieur Alfred? dit Charles à son ami.

— Une course à Merilly serait trop lointaine, et huit jours de vacances étant trop peu, et puis les oiseaux deviennent rares, et partant toute notre joie serait détruite.

Alfred répondit à Charles en lui donnant une lettre de son cousin Albert, qui les invitait tous deux à venir passer près de son père et de lui les fêtes de Noël. « Une distance de trois lieues, leur disait-il, sera une promenade pour vous. L'hiver est doux dans nos montagnes, le gibier abondant et la chasse merveilleuse. Je sais qu'elle est de votre goût, je vous attends! »

— Vive la joie et ton cousin Albert, s'écria Charles. Voici bien notre affaire à nous, oiseleurs, nous allons bien nous amuser. Il fait si bon en pleins champs, et dans les montagnes! Pour nous pauvres moineaux, qu'on tient en cage, c'est comme si on nous ôtait un poids de dessus la poitrine, et nous soufflions mieux, Alfred, une fois débarrassés de ce cauchemar qu'on appelle le collége. Vive la joie donc! Aussi à ton bon oncle, à ta cousine Clara tous mes remerciments, toute ma gratitude! Quel plaisir que celui de suivre Castor et Pollux, les beaux chiens courants, nous nous essoufflerons avec eux; ils parcourront avec nous les bois, les montagnes, les plaines, à la poursuite des lièvres, des renards, des sangliers et des loups, qui sait?... Bravo! bravo!

Alfred éprouvait la même joie, quoiqu'elle fût moins bruyante. L'allégresse de Charles augmentait encore la sienne : il se rapprocha de son ami, dont quelques camarades venaient de l'éloigner, en se livrant à des culbutes. Charles avait toujours le visage rayonnant, il ajouta :

— Et Nanette nous fera, comme l'an passé, des beignets au beurre tout frisés; sont-ils excellents les petits beignets au beurre!

— Allons, Charles, modère-toi; garde ta turbulence pour demain. La joie est une rose qu'il vaut mieux conserver en bouton, pour que ses parfums vous enivrent quand elle s'épanouit : trop vite le vent l'effeuille et en dissipe la douce émanation.

— Mon cher ami, il y a des sensations qui,

comme la rose, sont odorantes et s'épanouis-
sent promptement et ne s'effeuillent jamais.
Cette sensation, c'est l'amitié ! En parlant
ainsi, Charles déplaça la main qu'il venait de
poser sur son cœur, tandis que la main
d'Alfred venait la serrer ; ces deux jeunes
cœurs éprouvèrent une émotion intime et
inexprimable, car la sainte joie du cœur n'a
pas d'assez beau nom, il faut la ressentir.

Il y eut bien dans le collége d'autres
conversations pleines d'autres folles joies.
Mais à dix heures 'tout ce brouhaha de
jeunes étudiants fit place au silence : on se
coucha.

Les uns dormirent et firent de beaux rêves
d'or pour les vacances : les autres ne purent
fermer les yeux, tant ils étaient joyeux en
songeant à leur départ.

D'où vient que dans ses poignantes dou-
leurs comme dans ses ravissantes joies,
l'homme ne trouve pas le sommeil? C'est que
pour lui les extrêmes se touchent. Deman-
dez-le à l'heureux! interrogez l'infortuné!
La vie humaine ressemble à la colonne qui
se montra aux Hébreux dans le désert ; elle
est tantôt resplendissante, tantôt éteinte et
sombre, comme Dieu le veut.

Le lendemain matin, de très-bonne heure, tout le collége fut debout : on eût dit de jeunes oiseaux qui battent de l'aile avant de prendre la volée. Chacun, dès la veille, avait fait son petit paquet, concerté son point de départ et de voyage.

En moins d'une heure le collége était désert, et dans toutes les directions les élèves s'en allaient en chantant, d'abord par bandes, peu à peu les groupes se divisaient à chaque embranchement de la route, et peu à peu le nombre diminuait. Deux heures après, Alfred et Charles cheminaient seuls dans le sentier. L'air était humide, le ciel couvert et froid : un épais brouillard s'interposait entre la vue et tous les objets ; on se trouvait à l'époque du solstice d'hiver, accompagné de tous ses assombrissements.

— Quel vilain temps ! fit Charles ; il sera nuit encore à midi, je crois. C'est particulièrement désagréable.

— Oh ! reprit Alfred, j'aime assez le clair-obscur des journées d'hiver ; cette vapeur sombre, qui, en noyant les paysages isole le promeneur, lui enlève ses distractions, et le laisse en tête-à-tête avec ce qui lui vient à l'esprit ; chaque souvenir des vieux temps qu'on évoque vient se dresser devant nous dans la brume comme sur le Brocken, spectre qui se dessine sur les nuages, pendant qu'à l'orient le soleil jette ses flammes d'or..... Et voilà pourquoi j'aime les journées d'hiver avec leurs brouillards et leur clair-obscur.

— Il faut avouer que tu as parfois des goûts singuliers, mon cher Alfred ; ton imagination est toujours à cheval sur quelque idée poétique. Moi, quand vient l'hiver, je ne me prononce qu'en faveur des boules de neige et des glissades : les brouillards ne sont pas mon affaire.

— Et aussi j'aime l'hiver quand il est gai et qu'il fait frissonner les frileux ; je l'aime lorsqu'il arbore cette pelisse de ouate blanche dont il recouvre les plaines ; qui se hisse sur les monts, qui se pose sur les chênes dépouillés comme le feraient des cheveux blanchis, linceul sans tache sous lequel la nature repose comme une vierge plongée dans son sommeil.

— Mon bon Alfred, tu viens de chanter l'automne ; et quand soufflera la brise du printemps, tu rejetteras en arrière les flots de ta chevelure, pour lui sourire ; tu es l'ami de toutes les saisons.

—C'est vrai ! La nature, œuvre d'une pensée de Dieu, n'est-elle pas une épopée infinie, une révélation colorée, vivante, de l'infini qui en est l'âme? Je veux m'inspirer à toutes ces harmonies, que je ne puis saisir que lorsqu'elles sont brisées; je veux aimer le ciel avec son manteau d'étoiles, la terre avec ses saisons, la mer avec sa grandeur émouvante, ses colères.

Les deux jeunes gens devisaient de la sorte quand ils arrivèrent à un pont de bois jeté sur un ruisseau dont la chute, à une centaine de pas plus loin, faisait tourner une roue de moulin. Les idées poétiques des deux jeunes gens voyageurs s'évanouirent à ce bruit, une meule de moulin ne broie-t-elle pas impitoyablement toutes les illusions, son murmure solitaire ressemble fort à la clochette qui fait tomber la toile du théâtre et sépare la scène de la salle.

Il était midi, le ciel s'était un peu éclairci ; on apercevait sur le penchant de la montagne la maison de l'oncle Robert. Cette vue fit converger les idées de nos deux amis sur un seul point : les vacances et la chasse vinrent se présenter à eux avec toutes leurs tentations et leurs enivrements réunis.

— La fumée de la poudre me monte au nez, disait Charles. C'est comme si j'allais mettre la dent sur une poire fondante. Qu'il va faire bon là-bas !

Une demi-heure après les deux amis arrivèrent près des fermes. Du plus loin qu'ils avaient été aperçus, Albert et Clara étaient allés au-devant d'eux, précédés par Castor et Pollux, et par Diane, qu'ils connaissaient si bien, une jolie levrette qui les accompagnait souvent avec Victor, leur maître en oisellerie pendant les vacances de l'automne.

— Victor est-il ici? demandèrent impétueusement les deux écoliers en embrassant Albert et sa sœur. Ce fut en sautant de joie qu'ils se trouvèrent devant leur bon oncle, qui leur dit aussitôt :

— Je ne voulais point, mes enfants, que votre joie fût incomplète ; aussi, votre ami et le mien se trouve-t-il avec nous. J'aurais désiré, en outre, que quelqu'un encore l'accompagnât.

En parlant ainsi, on s'embrassait, on se questionnait, les demandes et les réponses étaient mêlées, les phrases coupées, reprises, joyeuses et intraduisibles.

Castor, Pollux, Diane, bonnes bêtes qui

sentaient la joie de leur maître, gambadaient d'allégresse, leur sautaient aux jambes ou bien rampaient en grognant à leurs pieds.

A la porte de son chenil, Maroc, le gros dogue roux enchaîné, aboyait joyeusement, et pour couronner cette gaieté rustique et naïve, une vingtaine des pigeons de la ferme planaient au-dessus de la cour d'un vol qu'on eût dit plus raccourci et plus léger.

C'était d'un bon augure assurément. Il y avait quelque chose de très-souriant dans les superstitions antiques, aussi je me prends parfois à admettre une certaine vraisemblance dans la religion des aruspices ; les croyances naïves reposent l'âme, et il ne faut pas les proscrire.

L'arrivée des jeunes collégiens fut comme un petit événement dans les fermes de l'oncle Robert : il fallait peu de chose pour jeter du nouveau dans la douce uniformité de cette vie retirée.

Le soir venu, Alfred et Charles prirent leur part du souper avec un très-bon appétit. Le bonheur de se trouver en vacancess, la pensée de pouvoir courir les bois, le bouquet d'un vin généreux, et la passion de la chasse, de la séduisante chasse, les mirent l'un et l'autre

en verve ; l'un regrettait le moyen-âge, pé-
riode presque mythologique où la chasse
avait sa part de féerie ; l'autre racontait les
chasses dangereuses de l'intérieur de l'Afrique et des deux Indes ; il mit en scène le
lion, le tigre, le jaguar, les hôtes des grands
déserts.

III — Les chasses féodales. — Chasses au lion, à l'ours, au jaguar, etc.

Ce n'est plus au sein de notre Europe actuelle, décolorée par la civilisation, au milieu
de notre contrée cultivée, qui fait disparaître
de plus en plus chaque jour la nature sauvage et grandiose ; ce n'est plus dans nos
campagnes défrichées par l'homme, dans nos
forêts, dont on a violé tous les asiles, qu'on
peut réellement bien chasser. Qu'est devenue
notre époque homérique, notre passé cheva-
leresque, cette magie orientale et guerrière,
qui, du haut des tourelles, s'en allait chevau-
cher à travers les clairières et les bois comme
l'eût fait une fée de Perrault? Le beau siècle
que celui-là !

C'était l'époque dorée de la vénerie : le cerf, le chevreuil, le sanglier, pullulaient dans les forêts des Gaules.

Au matin, quand l'aube commençait à blanchir le donjon du château, le noble sire échangeait la masse d'armes qu'il avait porté la veille et la lance du paladin contre l'arc, le poignard et la dague ; puis, le faucon sur le poing, entraînant à sa suite une troupe de veneurs et une meute de chiens, s'en allait forcer la bête qui avait ravagé la terre de son vassal. Oh ! c'était le bon temps. Le chasseur était un être à part, grand de taille, taillé sur le modèle du Nemrod antique... Aujourd'hui les manoirs sont en ruines ; le vent et la pluie fouettent leurs murailles démantelées ; la mousse parasite s'étend et verdoie sur leurs décombres, qu'elle ronge jusqu'aux fondations ; les cris seuls de la hulotte résonnent dans les vieilles tours, et le berger qui fait paître son troupeau dans la vallée fixe ses yeux sur ces ruines, en se demandant si elles furent jamais habitées. La chasse poétique est morte avec le moyen-âge !

— Qu'est-ce à dire ! s'écria Charles ; du haut de ton Pégase, sur lequel tu étais juché ce matin, te voilà retombé dans le prosaïsme le

2

plus plat, et tu ne vois pas ce soir ce qu'il y a de poétique dans la chasse telle que nous la faisons de nos jours, telle que tu devrais la comprendre après avoir si souvent détaillé dans tes récits écrits pour les devoirs nos bien-aimées vacances de l'automne. D'ailleurs, tu as mauvaise grâce de te plaindre, du moment que l'excentrique en fait de chasse est ta seule passion, et que l'Europe actuelle, paisible, agricole et industrielle, te déplaît souverainement ; que ne vas-tu en Asie, en Afrique ou en Amérique ? tu aurais là de quoi te satisfaire ; car on nage sûrement en pleine poésie au milieu des forêts vierges, des savanes, du silence et de la solitude des déserts, où nul vestige humain ne t'importunerait, où tu pourrais contempler à ton aise les boas, les lions et les jaguars...

— Es-tu méchant ! fit Alfred.

— Non pas ! je t'accompagnerais volontiers ; sans être poète, j'éprouve parfois le désir de décharger mon fusil dans la gueule béante d'un tigre royal.

A ces mots tout le monde fit : Oh ! oh ! Charles, et se mit à rire.

— Oui, mes amis, reprit Charles avec

énergie, je rêve à courir les aventures comme ces voyageurs qui ont été...

— Dévorés ! dit Alfred.

— Laisse-moi parler, reprit Charles, je veux dire qui ont été témoins et acteurs de quelques-unes de ces chasses formidables, dans lesquelles il ne s'agit rien moins que de terrasser un lion, une panthère, un éléphant furieux ou d'autres animaux de cette force, près desquels nos loups et nos sangliers ne sont que des lapins. Ah ! je voudrais de tout mon cœur m'être trouvé avec certain voyageur, dont je ne me rappelle pas le nom, à l'un de ces combats sur les bords du Niger, où il livrait bataille à un lion et à un chef des nègres à la fois. Te rappelles-tu de ce passage, Alfred ?

Le prince emmena l'Européen et sa suite dans un endroit voisin d'une forêt considérable, fréquentée par un grand nombre de bêtes féroces, et leur ordonna de grimper sur des arbres ; puis, montant sur un cheval et prenant avec lui trois javelots et un cimeterre, il entra dans la forêt, où il rencontra bientôt un lion, et le blessa à la cuisse.

L'animal, furieux, s'élança vers son assaillant, qui, par une fuite simulée, l'attira à

l'endroit où la compagnie, devant laquelle il
devait combattre cet animal, s'était retirée;
tournant alors tout à coup la bride de son
cheval, il lança à son antagoniste un javelot
qui l'atteignit au corps : il descendit alors de
cheval, le lion écumant de rage s'avança
vers lui, la gueule béante, comme pour le
dévorer; mais le prince sauvage attaqua l'a-
nimal avec la pointe de son troisième javelot,
qu'il lui enfonça dans le gosier; puis, d'un
bond sautant à cheval sur son corps, il lui
coupa la gorge avec son cimeterre.

— Voila, assurément, une histoire héroïque
et merveilleuse.

— Suivez-moi en Amérique, continua
Charles sans s'émouvoir. C'est dans l'intérieur de la Bolivie que s'est passé le fait que
je vais vous raconter. J'avais, dit le voyageur M. d'Orbigny, qui a visité ces contrées,
remarqué chez M. Chauvin une peau de jaguar criblée de grains de plomb. L'attention
avec laquelle je la regardais attira la sienne
et lui donna lieu de me décrire une de ces
chasses périlleuses, à laquelle il avait pris
part : « Depuis longtemps, me dit-il, j'avais
» envie de chasser un jaguar, et j'en cher-
» chais l'occasion, lorsque, certain jour, quel-

» ques-uns de ces animaux ayant fait beau-
» coup de dégâts dans les fermes des bords de
» la rivière de Santa-Lucia. Les propriétaires
» des environs de Caacaty décidèrent qu'il
» serait fait une battue générale. Ils réu-
» nirent tous les chiens, surtout ceux qui
» étaient généralement reconnus pour bons
» tigreros (chasseurs de jaguars) et parti-
» rent pour chercher la bête. Je les accom-
» pagnai armé d'un fusil à deux coups. Les
» chiens ne tardèrent pas à rencontrer un
» jaguar, et les moins expérimentés furent
» bientôt éventrés par le féroce animal. Je
» descendis de cheval, et m'approchai à pied
» du monstre. Un instant après, au lieu d'un
» jaguar, je me trouvai en présence de trois. Je
» tirai le premier, et parvins à le tuer, tandis
» que les chiens le tenaient en arrêt. Je pus
» aussi tuer le second ; mais pour mettre à
» mort le troisième je n'avais plus de balles :
» il ne me restait que du gros plomb. Aban-
» donné par les autres chasseurs presque dès
» le commencement de l'attaque, obligé d'af-
» fronter à pied un danger imminent, il me
» fallait tâcher de faire de mon mieux avec
» mon plomb pour venir à bout du dernier
» jaguar. Etourdi par des rugissements

» dont le seul souvenir me glace encore d'ef-
» froi, ma position était des plus critiques.
» Je vins pourtant à bout du troisième com-
» me des deux autres, et cette peau que
» vous regardez est le trophée de ma vic-
» toire. »

M. Chauvin ajoutait avec une franchise
qui dénotait un véritable courage, qu'il avait
depuis lors tout à fait perdu l'envie de chasser le jaguar, car il avait trop présent à l'esprit le danger auquel l'avait exposé une lutte
aussi inégale.

Cette chasse fit beaucoup de bruit dans le
pays, et l'on vantait partout la bravoure de
M. Chauvin. Les chiens employés à cette
chasse doivent, pour être bons, ne jamais
s'aprocher à plus de cinq pas de l'animal ; ils
doivent seulement l'entourer et le tenir à distance.

Le chien assez maladroit pour avancer
est incontinent mis à mort, soit par un coup
de patte, soit par un coup de dents ; aussi les
habitants estiment d'autant plus un tigrero,
qu'il sait mieux retenir le jaguar sans lui
donner prise et sans même s'en approcher.

Charles racontait fort bien, aussi le laissa-
t-on continuer.

Sans trop se soucier des transitions, il reprit en ces termes : « Lorsqu'on voit maussades et farouches les ours bruns, qui toujours grondent et se balancent dans les ménageries, ceux qu'on nomme Martin et autres, on ne se douterait pas de leur mansuétude habituelle dans les contrées de l'Asie du nord, où ils sont très-nombreux. Armé d'une massue ou d'une lance, le Kamtschadale s'en va à la quête de cet animal paisible et le cherche jusque dans les rochers où il a cherché à se cacher. L'ours, qui ne médite aucun projet d'attaque, et qui ne songe qu'à se défendre, s'empare gravement des fagots que son ennemi lui présente, et s'en sert pour boucher l'entrée de sa caverne. Dès que cette ouverture est parfaitement close, le chasseur en perce le faîte, et enfonce sans danger, par le trou qu'il a fait, sa lance au travers du corps de l'animal. Dans quelques cantons de la Sibérie, les chasseurs élèvent un échafaudage composé de plusieurs madriers posés les uns sur les autres, qui tombent ensemble, et écrasent l'ours au moment où il pose le pied sur une trappe établie sous cette lourde charpente. Une autre méthode de prendre les ours, est celle de creuser des fosses au mi-

lieu desquelles est enfoncé un pieu lisse et
pointu par son extrémité supérieure, laquelle s'élève à environ un pied de terre.

Cette fosse est soigneusement couverte de
gazon, et l'on dispose, au milieu du sentier
que l'ours a coutume de suivre, une petite
corde, à laquelle est fixée une figure en bois.
Aussitôt que l'animal touche cette corde, la
figure de bois se dresse, l'ours, qui en a peur,
cherche à se sauver, mais il tombe aussitôt
dans la fosse, et se trouve éventré par le pieu
fixé en terre. S'il échappe aux atteintes de ce
piége, des tiges de fer pointu, semblables à
celles qui incommodent la cavalerie d'une
armée ennemie, et placées à une petite distance de la fosse, atteignent l'animal, qui se
trouve effrayé de nouveau par une autre
figure de bois placée au milieu de ces espèces de chevaux de frise. Plus le malheureux
ours s'efforce de sortir de cette fosse et plus
il s'y enfonce ; aussi le chasseur qui se tient
en embuscade, l'a-t-il bientôt mis à mort. Les
konaques et les habitants des parties monta-
gneuses de la Sibérie leur font la chasse à
l'aide de cordes à nœuds coulants, munies
d'un billot et amarrées à un arbre sur le bord
d'un précipice, de telle sorte que l'animal,

en suivant son sentier, se pend et tombe suspendu dans l'abîme. Bien souvent même
l'homme ose attaquer en plaine un ours sans
autres armes qu'un couteau bien effilé et un
stylet pointu des deux côtés, attachés à une
courroie; il passe cette courroie autour de
son bras droit, et, prenant son stylet d'une
main et son couteau de l'autre, il s'approche
hardiment de l'animal, qui se dresse sur ses
jambes de derrière pour l'attaquer; au moment où il ouvre la gueule, le chasseur lui
enfonce son stylet dans la gorge, et lui fait
une plaie si horrible que dès ce moment l'a-
nimal renonce à toute espèce de résistance;
cette victime peut alors, au choix du chasseur, être poignardée ou amenée vivante
dans sa maison.

Le jeune narrateur se tut après ce récit.

— Je te félicite, Charles, dit Victor, sur la
fidélité de ta mémoire pour retenir ce que tu
as lu; mais je te ferai observer, cher ami,
que nous ne sommes point au moyen-âge,
ni dans le Nouveau-Monde ou chez les Sa-
moyèdes, mais bien en vacances d'hiver dans
les montagnes du département du Doubs.

— C'est ici qu'avant la révolution un
prince de Montbéliard terrassa un ours dans

une chasse, observa Albert, avec le désir de venir au secours de Charles.

— C'est vrai, mais nous n'avons assurément à regretter ni les faucons du duc Frédérick, ni ses veneurs, ni non plus les princes nègres ou les tigreros. Que nous faut-il de plus que le gibier de poil et de plume de nos monts et de nos plaines? Nos fusils sous le bras, Castor, Pollux et Diane nous servent d'auxiliaires; nous avons en outre une ardeur juvénile pour marcher à la rencontre de nos victoires.

— Bravo! s'écrièrent les jeunes collégiens.

— Mes jeunes maîtres, fit le garde-chasse de M. Robert, quoique vous sachiez tenir un fusil, il ne sera pas inutile d'écouter et d'apprendre, avant de nous mettre en campagne, quelques principes préliminaires qu'il est important de connaître... A demain matin la leçon, et quand elle sera donnée nous partirons pour la chasse.

— Bravo! A demain matin la partie de chasse.

La soirée s'écoula au milieu de mille projets joyeux. Les deux amis, fatigués, dormirent très-bien ; seulement, dans leurs rêves, ils croyaient voir des lièvres plus légers qu'un sylphe bondir devant eux, tandis que leurs beaux fusils faisaient long feu, et que résonnaient à leurs oreilles les aboiements de chiens et les détonations de toutes sortes.

IV. — Les armes, le tir. — La poudre. — Les munitions. — Le plomb de chasse.

Alfred et Charles s'éveillèrent au matin à l'heure où les jours précédents sonnait pour eux le lever du collége. Il faisait sombre encore dans la chambre, l'air était froid et nul bruit ne se faisait entendre

Charles leva la tête, dirigea ses yeux vers les fenêtres, à travers lesquelles il aperçut dans le ciel bleuissant quelques étoiles flamboyantes ; il prêta l'oreille, et entendit se mêler aux sifflements de la brise, qui bruissait par intervalles dans la cheminée de la chambre, le tic-tac de la pendule qui ne tarda pas à sonner cinq heures.

— C'est encore l'exactitude du règlement de la pension qui m'éveille, murmura-t-il, mais foin du règlement : le surveillant ne viendra pas me tirer par l'oreille aujourd'hui.

Et à ces mots, saisi d'un petit frisson, i s'enfonça sous la couverture, plus heureux qu'une fleur épanouie dans une serre chaude; il chercha à se rendormir.

Environ deux heures après, quand le jour commençait à éclairer les murs blanchis de la chambre, la porte s'ouvrit brusquement et Albert entra en offrant un bonjour sonore, et en tenant à la main des armes, qu'il plaça sur la table; c'était deux jolis fusils doubles de grandeur égale.

Les deux amis, à cet aspect, sautèrent à bas du lit, s'habillèrent à la hâte et s'emparèrent des jolies armes en remerciant l'aimable Albert. Charles, mettant en joue à travers la croisée la pomme en ferblanc du faîte de la grange :

— Tiens, dit-il après avoir visé, si c'était là une tête de loup, elle serait bien malade.

— C'est vrai, répondit Albert; mais il faudrait auparavent ajouter ceci : si mon fusil était chargé !

—C'est juste ; mais nous perdons un temps précieux.

— En effet, dit Albert; mon père, Victor et le déjeuner nous attendent.

Les trois jeunes gens descendirent dans la

salle à manger. L'oncle Robert et le garde-
chasse causaient près du poêle : Castor et
Pollux se mordillaient les oreilles; Diane,
couchée dans un coin, reposait sa tête allongée sur ses pattes de devant. La table était
servie ; des tasses pleines de café au lait écumant, un cruchon de kirsch et des pains de
Noël, venaient d'être disposés par Nanette
dans une symétrie tout à fait séduisante.

—Bonjour, mon oncle ! bonjour, Victor !

— Salut à nos dormeurs !

— La nuit a été si bonne, n'est-ce pas ?

— Excellente, nous avons fait des rêves
giboyeux dans une forêt enchantée.

— A la bonne heure !

Tout en parlant de la sorte, on se plaça
autour de la table, et l'on déjeuna en causant.

— Vous savez ce que dit Buffon, en parlant
de la chasse, commença l'oncle. L'art de
forcer les animaux forme une partie essen-
tielle et inséparable de son histoire naturelle.

Alfred, rappelant ses souvenirs, dit aussitôt : L'exercice de la chasse doit succéder aux
travaux de la guerre ; il doit même les pré-
céder : savoir manier les chevaux et les

armes, sont des talents communs aux chasseurs, au guerrier. L'habitude au mouvement, à la fatigue, l'adresse, la légèreté du
corps, si nécessaire pour soutenir et même
pour seconder le courage, se prennent à la
chasse et se portent à la guerre : c'est l'école
agréable d'un art nécessaire ; c'est encore le
seul amusement qui fasse diversion entière
aux affaires, le seul délassement sans mol-
lesse, le seul qui donne un plaisir vif et sans
langueur, sans mélange et sans satiété.

— Nous ne le prendrons pas cependant
sur ce ton solennel, dit Victor, et quoique la
chasse soit le plus noble des exercices, nous
voulons nous y mettre sans prétentions, sans
luxe, en vrais écoliers ; c'est comme cela que
la chasse nous plaira le mieux. Toutefois,
cette phrase redondante de notre grand na-
turaliste me fait penser à une chose, c'est
qu'un peu d'habitude militaire va assez
bien à un chasseur. J'aime assez à voir le
jeune homme qui court les bois manier un
fusil avec l'air posé d'un grenadier de la ligne.

A peine avait-il dit ces mots, que les deux
amis se levèrent spontanément de leurs
siéges, et saisissant leurs armes, exécutèrent

avec autant d'habileté que de précision la charge en douze temps.

— C'est cela même, fit le garde-chasse.

—Pas précisément pourtant, reprit Albert; il n'est pas utile à un jeune chasseur d'avoir la raideur d'un soldat de la ligne ou la raideur d'un alexandrin classique.

Chacun se mit à rire.

—Assurément, continua Victor ; cependant la manière dont on charge peut influer sur la justesse du tir : une charge trop forte repousse et peut déranger le coup en faisant relever l'arme ; le plomb, mal tassé, trop fortement bourré, écarte souvent ; il est bon par conséquent de savoir à quoi s'en tenir sur cela, aussi bien que sur plusieurs autres choses encore. On règlera en tirant à la cible la charge convenable de poudre, et l'on chargera les cartouches en conséquence. La proportion qui doit exister entre la quantité de poudre et celle de plomb, est comme 1 : 5, c'est-à-dire que si l'on met, par exemple, un gros de poudre, il en faudra cinq de plomb ; cependant ces proportions peuvent varier, selon que l'atmosphère est sèche ou humide, et la poudre forte ou faible. Il y a la différence de 1 : 4 à 1 : 5; on doit donc mettre

la poudre dans les cartouches, et par dessus
une bourre faite de poils de vache, et coupée
à l'emporte-pièce, qui est la meilleure; on
tasse la poudre, sans battre trop fortement;
on met le plomb, en le tassant par quelques
secousses, et par dessus on glisse une bourre
légère qu'on assure sans la battre : cela fait,
on bourrelote la cartouche.

Quand on a tiré, on doit recharger aussitôt,
pendant que le canon est échauffé et les chiens
au repos, sans essuyer l'arme et surtout sans
souffler dedans, comme quelques chasseurs
en ont la mauvaise habitude. Cette haleine,
toujours humide, rend la crasse du canon
plus susceptible de retenir la poudre au moment de l'inflammation.

Les lingots, les balles accouplées, les chevrotines, ne valent pas, à beaucoup près,
pour la justesse du tir, la balle sèche de calibre exact. Quand on charge une arme ou
qu'on porte les chiens armés, il faut avoir
soin de tenir la bouche du canon en l'air,
sans cela on pourrait blesser les autres chasseurs si le coup partait accidentellement,
comme cela arrive malheureusement quelquefois. Il faut, pour bien tirer, mettre en joue
ou épauler vite, ajuster sans se presser, viser

juste, et quand on tient le gibier à l'œil, presser franchement la détente, sans aucune secousse qui puisse déranger l'arme. Pour qu'un fusil soit facile à épauler, il faut que sa couche soit plutôt longue que courte ; que sa courbure laisse découvrir, quand on le met en joue, toute la plate-bande du canon, et que le guidon soit posé ras et très-petit. Les fusils, fort bien du reste, d'Alfred et de Charles, me semblent tous deux n'avoir pas asssz d'*avantage*, et je crains bien qu'en appuyant, la pomme de votre joue ne touche la crosse, défaut dont il est essentiel de vous avertir. Les portées horizontales du fusil de chasse à balle sèche sont de cent cinquante mètres environ, et de près de huit cents mètres sous les angles de vingt-cinq à trente degrés, qui donnent les plus longues portées; mais au-delà de cent mètres, les coups sont incertains. A la chasse, on ne tue guère qu'avec du plomb au-delà de soixante pas; la bonne portée est de vingt à quarante pas.

On doit constamment viser le gibier à poil au défaut de l'épaule, et le gibier à plume à plein coup au-dessous de l'aile. Avant de lâcher le coup, il faut s'assurer, en le laissant un peu filer, qu'on le tient bien à l'œil;

on doit viser toujours plutôt haut que bas, et surtout ne jamais se presser. Quand on a manqué ou seulement blessé du premier coup le gibier qui continue à fuir, il faut, sans déranger sa position, le suivre de l'œil et lâcher le second coup pour l'arrêter tout à fait. Avec les fusils à silex, dont le feu était loin d'être instantané, il était nécessaire, quand ou tirait à de grandes distances, de viser un peu en avant du gibier qui passait en travers ; mais l'instantanéité du coup de nos fusils Lefaucheux rend cette précaution inutile.

— Voilà d'excellents avis pour le tir, dit Alfred ; mais comment fait-on les munitions ?

— Je le sais moi, reprit son cousin, et je puis vous en dire quelque chose. Quoique nous ne voulions pas essayer de faire de la poudre, il n'est pas inutile pourtant de savoir de quels ingrédients elle se composé : le salpêtre raffiné, le charbon de bois léger, tel que celui de bourdaine, de chenevottes ou de saule, et le soufre obtenu par distillation, sont les éléments importants de la fabrication de la poudre. Ce mélange s'opère avec de l'eau dans des mortiers garnis d'un

alliage de cuivre et d'étain. Le grenage de
la poudre s'opère ensuite à plusieurs reprises
au moyen de tamis ; la poudre grenée est dé-
posée immédiatement dans des chambres, à
cinquante degrés de température, et étendue
sur des toiles, à travers lesquelles on fait passer l'air. C'est ainsi qu'on sèche la poudre.
Le dégagement subit des gaz dans la combustion de la poudre est déterminé par la
qualité et les proportions des trois matières
qui la composent : nitre, soufre et charbon ;
de plus, la conflagration ne se produirait pas
utilement sans la parfaite union de ces trois
éléments. Le charbon doit être hydrogène,
c'est-à-dire avoir brûlé dans une charbon-
nière, ou de toute autre manière, privé du
contact de l'air, afin de constituer de la vapeur aqueuse ; la présence du soufre accélère
la combustion, quoiqu'il ne puisse pas la
rendre complète ; car on remarque que quelques grains de poudre se perdent toujours
sans avoir été brûlés. La bonté de la poudre
pour la chasse ne dépend pas uniquement
de sa force d'expansion, mais encore de l'instantanéité de son inflammation, du peu de
crasse qu'elle laisse après la combustion, et
enfin de sa densité, qui rend son grain peu

friable, peu susceptible de prendre de l'hu-
midité, et conséquemment facile à conserver
longtemps sans altération. Un grain d'une
finesse extrême, qui se mêle en partie à la
crasse humide du canon qui a tiré plusieurs
coups, ne convient pas plus à la chasse qu'un
grain trop gros, qui passe difficilement à
travers le canal de la lumière; un grain
juste milieu, sans pulvérin, bien formé, très-
égal et suffisamment lissé, est le plus convenable. Pour éprouver la poudre, voici de
tous, je crois, le mode le plus simple, le plus
facile et le moins dispendieux. Disposez en
tas sur une feuille de papier blanc quelques
pincées de la poudre à essayer, et mettez-y
le feu; si la poudre s'enflamme vivement, et,
qu'en détonant elle ne laisse que peu ou
point de traces sur le papier, elle crassera
peu le fusil. Cette méthode est celle que recommande Gassendi. Introduisez dans le fusil une cartouche confectionnée avec une
charge ordinaire de la poudre d'essai et de
plomb (cendrée); tirez au blanc, à quarante
pas, dans une double main de papier gris :
la manière dont le plomb aura pénétré indi-
quera la force de la poudre, que l'on jugera
comparativement par le nombre des feuilles

percées. A présent que les fusils à piston sont à peu près abandonnés, les cartouches à broche et celles à percussion sont habituellement employées. C'est une bien ingénieuse invention de notre époque que celle des armes percutantes, et le chasseur lui doit assurément une partie de ses bonnes fortunes. Le plomb à giboyer se fait en faisant couler du plomb fondu sur un crible, et en le laissant tomber de soixante à quatre-vingts mètres de hauteur, dans des baquets remplis d'eau. Les grains par là se forment pleins et sont d'une sphéricité parfaite ; on les calibre ensuite par numéros, et on les lustre dans un lissoir avec de la mine de plomb. Les numéros 0, 1, 2 et 3 servent pour le chevreuil, le renard, l'outarde, l'oie et le canard sauvage, etc. ; les numéros 4, 5 et 6 pour le lièvre, le lapin, le faisan, la perdrix, la caille et la bécasse ; les numéros 7 et 8 pour la grive et la bécassine ; le numéro 9 et la cendrée pour les petits oiseaux; les numéros 10, 11 et 12 sont de la cendrée si fine qu'elle ne convient guère que pour ménager le plumage des oiseaux qu'on veut empailler. Depuis quelques années, les amateurs élégants se servent de plomb italien ou plomb blanc, qui n'a d'autre avantage que celui de ne pas noircir les mains, et d'avoir une couleur argentine fort agréable à l'œil.

Tout en causant ainsi, le déjeuner était achevé et chacun, après avoir pris debout un demi-doigt de kirch, les jeunes chasseurs sortirent, précédés de Castor, de Pollux et de Diane.

V. — Une charmante matinée. — La chasse au lièvre.

C'était une brillante matinée d'hiver, telle qu'on en a quelquefois à Noël ; le ciel s'était rasséréné, le vent d'est était vif, sans être trop froid ; les brouillards qui régnaient la veille s'étaient dissipés en se transformant en gelée blanche, sur la terre et sur les branches des arbres ; le givre couvrait la nature, comme une barbe argentée le menton d'un vieillard ; entourés de ce duvet de cristal, les rameaux semblaient avoir revêtu une forme aérienne et féerique ; on eût dit que les sylphes de l'air, que les ondines des sources, avaient secoué sur les forêts leurs robes de gaze et leurs ailes de vapeur. Mais, quand le soleil rayonnant à neuf heures, radieux, semblant retenir sa chaleur comme s'il eût craint de détruire cette frêle magie, quand il darda ses rayons d'or sur l'argent de ces merveilles, ce spectacle devint alors si ravissant, que nos chasseurs poussèrent une exclamation simultanée.

— Oh! que la matinée est belle!

De leur côté, les chiens, comme s'ils ressentaient eux-mêmes le charme pénétrant de ce beau matin d'hiver, précédaient leurs maîtres en courant pleins d'ardeur, et troublaient par leurs aboiements le silence de la campagne déserte. Castor et Pollux se montraient remarquables par leur agilité et leur instinct; Diane, avec ses oreilles longues et pendantes, marquées de feu, ses pieds de lièvre, son vaste poitrail, sa taille élancée et svelte, résumait l'idéal d'une jolie chienne de chasse.

Charles, dont le caractère joyeux comprenait mieux que personne le charme de cette promenade sur la neige et le verglas, s'écria :

— Vraiment, la chasse est un charmant passe-temps ; et par le beau temps d'aujourd'hui, notre excursion cynégétique se bornât-elle à une promenade, ce serait encore charmant.

— J'espère bien que ce sera autre chose qu'une promenade, répondit Albert avec un mouvement d'humeur ; et au même instant, sifflant Pollux, il ajouta : Permettez, mes amis, que je m'éloigne un peu pour donner un démenti à Charles... Viens, Pollux, viens.

A ces paroles, le jeune chasseur adressa à son chien un coup de sifflet, que l'animal interpréta aussitôt. Ils partirent.

Après avoir marché cent pas, Albert se dirigea, de manière à être *sous le vent*, vers une petite oseraie, entourée de touffes de joncs desséchés. Il s'avançait avec précaution, et quand il ne fut plus qu'à quelques mètres du buisson, il mit son fusil en joue, pressa la détente, et au même moment un lièvre, que la surprise grossit aux yeux de nos jeunes chasseurs, sauta hors de la touffe, roula deux ou trois fois par terre et fut gueulé par Pollux. On accourut ; le plomb l'avait atteint aux épaules et à la tête, qui était criblée.

— Et d'un ! s'écria Charles en saisissant le lièvre par les oreilles, et le soupesant avec un sentiment d'admiration : Je vois maintenant qu'il faut être plus confiant en notre étoile : ce ne sera pas une promenade, puisque nous y sommes; je t'avouerai cependant, Alfred, que l'idée ne me serait pas venue qu'il y eut un lièvre caché dans cette petite joncheraie.

— Ce n'est pas une idée qui est venue à Albert, reprit Victor, mais sa victoire a été amenée par l'observation des mœurs du lièvre et par un coup d'œil de bon chasseur; dorénavant vous saurez, M. Charles, que lorsque, par une belle matinée d'hiver, on voit quelque part, à l'abri d'une motte de terre, d'une borne, d'un sillon ou d'une touffe d'herbes sèches, s'élever une petite vapeur, c'est qu'elle vient de l'haleine d'un lièvre qui est gîté en cet endroit. Vous savez le résultat de ces observations.

— Oui, et ce résultat est très-beau; car c'est fort adroit d'envoyer un lièvre, au moyen d'un coup de fusil, de son gîte dans l'autre monde : la transition est brusque, mais superbe à voir; le feu, la détonation, la fumée, ajoutent quelque chose de solennel à ce trépas; à notre tour maintenant, Alfred, de procurer quelque tête de gibier au garde-manger de mon oncle. Un autre lièvre aurait tort de ne pas trouver la mort glorieuse. En avant!

— Bien dit, prononça l'oncle Robert, et pour obtenir ce résultat, mes amis, placez-vous à une certaine distance, l'un à ma droite, l'autre à ma gauche; Victor et Albert seront sur les ailes, nos chiens en avant. Il faut, voyez-vous, procéder avec méthode en toutes choses; nous allons battre avec ordre la campagne et la montagne que voilà, les côtes et la vallée, quelque rudes que soient les montées, et les descentes n'effrayeront pas de jeunes enragés comme vous, à qui une seule tête de gibier vient de donner du courage aux jambes, et montrez-nous votre adresse, et point d'imprudence!

Docile aux ordres de leur oncle, chaque collégien se posta à quarante pas environ l'un de l'autre, et l'on marcha en avant dans la même direction.

Les chiens furent quelque temps à se mettre sur la voie; enfin, au détour d'un coteau couvert de broussailles, Castor et Pollux indiquèrent, par de nombreux aboiements et une course plus précipitée, qu'ils étaient sur les traces du gibier : ils sautèrent au milieu des buissons, qu'ils visitèrent en aboyant par intervalles ; puis tout à coup leur course s'anima, leur cris redoublèrent, et un lièvre, débusqué par eux, sortit du fourré, courant en plein champ.

Terrifié par Diane et Pollux, qui le pressaient d'un côté, par les coups de gueule de Castor, qu'il entendait japper de l'autre, l'animal arriva du côté des chasseurs, qui l'attendaient en silence, prêts à le recevoir par un feu de file quand il serait à portée.

A moitié couvert par un sillon, il passa ainsi devant Victor, qui lui lâcha son coup de feu et lui brisa une jambe, pendant que Charles, tirant aussitôt, l'étendait raide mort par terre. Ce furent alors des cris, des exclamations, des aboiements de victoire ; on laissa fouler le gibier par les chiens ; et on fit la curée ; puis, après une halte qui dura un grand quart d'heure, pendant laquelle Charles jouit de son triomphe, on se remit en marche pour obtenir une troisième victoire. Celle-ci se fit longtemps attendre ; on avait déjà parcouru la montagne et les deux côtes ; il était près de midi, et l'on commençait à perdre espoir, lorsqu'une jeune hase qui reposait en son gîte, à l'abri d'une touffe de bruyères, se leva tout à coup devant les chiens.

Ceux-ci, dont une poursuite vaine depuis plusieurs heures avait excité l'ardeur, se jetèrent sur la voie, poursuivant à outrance le pauvre animal, qui d'abord courut fort vite, en faisant de nombreux détours, et revint à son gîte. Il fut relancé de cette randonnée par les chiens et reprit sa course à travers champs, jusqu'à ce qu'enfin il se vit arrêté dans sa course par un large ruisseau, le long duquel il éprouva quelques hésitations.

Diane en profita pour devancer l'animal et elle le ramena du côté des chasseurs.

Alfred et son oncle firent feu à la fois et l'étendirent mort au moment où Diane, Castor et Pollux étaient sur le point de le saisir; les chiens étaient acharnés, et l'on eut beaucoup de peine à leur faire lâcher prise.

Après cette troisième capture, il était déjà tard dans l'après-midi; on se trouvait à une lieue des fermes, et le bon oncle Robert, par égard pour l'appétit de Charles et de son neveu, appétit qui s'annonçait de temps à autre par des exclamations involontaires, jugea qu'il était temps de penser au retour, sauf à chasser encore dans la direction du logis.

Par un de ces heureux hasards dont la fortune se plaît quelquefois à égayer les recherches des chasseurs, ceux-ci tombèrent sur une compagnie de perdrix cantonnée dans les friches de la propriété de l'oncle Robert ; Alfred en tua une au premier départ, et Victor deux autres à la remise.

— Quelle heureuse chance ! disaient les deux amis enchantés.

— Oh ! ceci n'est rien, répliqua l'oncle Robert. Dans notre belle France, où tout particulier peut avoir la permission de chasser, où le port d'armes est un droit de citoyen, il n'est malheureusement plus possible de faire de grandes et merveilleuses chasses ; et quand il nous arrive quelque bonne aubaine comme celle d'aujourd'hui, on doit, généralement parlant, être satisfait ; mais il vous faudrait voir le résultat d'une chasse dans les pays où ce plaisir est encore le privilége des hautes classes de la société, en Allemagne, par exemple, et sans aller bien loin, dans le grand-duché de Bade, où les lièvres, le gibier de toute espèce foisonnent, et où leur chasse ressemble à un carnage. Cinquante,

souvent même cent chasseurs, sous les ordres de nombreux piqueurs, de gardes-
chasse et de seigneurs, battent le pays ; c'est,
sur une échelle un peu plus vaste, ce que
nous venons de faire en petit.

Dans ces grandes battues, cinq cents, voire
même mille lièvres succombent aux coups
des tireurs ; une bonne part arrive à Stras-
bourg et est expédiée à Paris, où les mar-
chands de la halle au gibier, tombeau à
lièvres, les étalent chaque matin aux regards
des chalands.

— Chez nous, reprit Albert, la chasse est
véritablement devenue fort difficile ; et pour
y réussir, il faut faire la part de la chance,
de la ruse, de l'expérience et de la patience.
Il est cependant une chasse aux lièvres très-
simple, très-facile, qui n'exige à vrai dire
que cette dernière qualité ; c'est de l'affût que
je veux parler. C'est par là, Messieurs, dit-il
en s'adressant aux deux amis, c'est par là
que je débutai, quand quelques années de
moins me rendaient votre égal en âge ; il me
souvient toujours avec bonheur de ces soirées de mois d'août si calmes et si pures où,
lorsque le soleil dorait les herbes des prairies,
quand les grenouilles coassaient dans le ma-

rais où s'épanouissaient les nymphéas en
fleurs, et quand le chantre ailé de nos bois
préludait à ses chants perlés de la nuit. Je me
rappelle toujours, dis-je, avec quel plaisir je
prenais alors mon fusil et m'en allais à l'affût
dans un buisson bien à l'écart, bien solitaire,
à quelques pas de la berge du fossé ouvert
à la lisière du bois ; je venais là m'asseoir
sur une pierre moussue. Une fois là, tout
inondé des parfums de l'air du soir, éclairé
par les rayons dorés du soleil, et enivré par
l'haleine embaumée que la terre exhale de
toute part, j'attendais. Quelquefois je res-
tais là pour rien, et alors ma garde silencieuse sur cette pierre isolée ressemblait fort
à une méditation ou bien à une prière ; d'autres fois j'étais plus heureux, un gentil lièvre
venait s'abattre sur le thym, ou brouter à
ma portée les touffes naissantes sur les sil-
lons. Innocente bête ! au milieu de ces folles
gambades, de ces essais de toilette pendant
lesquels il lustrait de la patte son joli nez
fendu, comme nos jeunes gommeux font de
leurs moustaches, l'éclair brillant de la poudre tombait sur lui ; ses yeux se fermaient
tandis qu'il poussait un cri de mort, quelques
instants après je rentrais tout glorieux.

— C'est comme aujourd'hui, notre premier
jour de course, nous rentrons triomphants à
la maison, dirent nos deux amis, tout fiers
de sentir leurs sacs de chasse garnis, l'un de
son lièvre, l'autre de ses perdrix ; tout fiers
surtout de les montrer à tous les habitants
des fermes, à Pierre et à Constant, les fils du
fermier, deux frères très-laborieux et fort
simples, bons chasseurs à l'occasion, qui,
après avoir témoigné aux jeunes collégiens
combien ils étaient enchantés de leur réussite, promirent de se joindre à eux au premier jour de chasse.

Pendant le dîner, qui fut servi immédiatement après le retour à la maison, et au commencement duquel l'appétit des convives fit
des merveilles, Victor dit à ses amis :

— Moi qui suis oiseleur, j'ai dans mon
enfance fait la chasse aux lièvres au moyen
de piéges tout à fait simples, car il suffit
pour les prendre d'un fil de laiton très-fin,
bien recuit, de façon à ce qu'il ait plus de
souplesse ; la boucle doit avoir dix à douze
pouces de diamètre. Ce collet se tend de deux
manières. La première consiste à l'attacher
solidement à un piquet également bien solide, ou mieux à un tronc d'arbre qui borde

le sentier de la passée du lièvre ; cela ressemble à un collet à piquet pour les grives. La seconde manière, que je préfère de beaucoup, parce qu'elle rend inutiles les efforts que fait l'animal pour s'échapper lorsqu'il est pris, est celle-ci : Il suffit d'arquer un rejet assez fort, d'en étêter la cime, à laquelle on fait un cran ; dans le cran, mord un crochet fixé en terre à l'autre bout du sentier, le collet est passé solidement par un trou fait à la vrille dans le pliant; on le pend dans le milieu du chemin, à sept ou huit pouces de terre, et l'on dispose à droite et à gauche une garniture, de façon à forcer le lièvre errant perdu à passer au milieu. Il le fait et ne tarde pas à être suspendu en l'air par le cou. J'oubliais de vous dire que le collet doit être frotté avec de l'herbe odoriférante ou du camphre, pour lui ôter l'odeur du laiton, et on a bien soin, après l'onction, de ne pas le toucher avec le doigt.

— Fort bien ! Mais l'essentiel, dit Alfred, est de savoir par où les lièvres passent.

— Cette connaissance s'acquiert surtout par la pratique ; quoiqu'on puisse dire que le poil laissé aux broussailles, les fientes, les bourgeons et l'écorce d'arbres rongés sont des indices certains. Une autre indication utile à donner, c'est que ces sortes de tendues ne doivent se faire qu'avec la plus grande précaution, car il serait fort désagréable que votre lévrier, celui de votre ami, et même le chien d'un étranger, allât se faire étrangler dans ces espèces de piéges. Il faut être prudent dans tous ces travaux de chasse, qui, quoique utiles, finiraient par être dangereux; les collets que l'on tend aux lièvres, comme ceux du même genre que l'on tend aux renards, ne diffèrent les uns des autres que par la grosseur du laiton, la grandeur, la force et la vigueur du rejet.

Pendant le reste de la soirée, entre les hôtes de l'oncle Robert, on s'entretint de tout ce qui avait rapport à la chasse aux lièvres. Le vieux parent d'Alfred voulant ajouter quelque variété dans la conversation, raconta ce qu'en disait Jacques du Fouilloux, dans sa *Vénerie* au seizième siècle : « J'ai vu un liè- » vre si malicieux, que dès qu'il voyait la » trompe il se levait du gîte, et eût-il été à » un quart de lieue de là, il s'en allait nager » dans un étang, se relaissant au milieu d'i- » celui dans des joncs, sans être aucunement » chassé par les chiens. J'ai vu courir un

» lièvre pendant deux heures devant les
» chiens, qui, après avoir couru, venait pous-
» ser un autre et se mettre en son gîte ; j'en
» ai vu d'autres qui nageaient sur l'eau de
» trois ou quatre étangs, dont le moindre
» avait quatre-vingts pas de large. J'en ai
» vu d'autres qui, après avoir bien couru
» l'espace de dix heures, entraient par-des-
» sous la porte d'une bergerie et se relais-
» saient parmi le bétail. J'en ai vu, quand les
» chiens les couraient, qui s'en allaient met-
» tre parmi un troupeau qui paissait par les
» champs, ne les voulant pas abandonner ni
» laisser. J'en ai vu d'autres qui allaient par
» un côté de haie et retournaient par l'autre,
» en sorte qu'il n'y avait que l'épaisseur de
» la haie entre les chiens et le lièvre. J'en ai
» vu d'autres qui, quand ils avaient couru
» une demi-heure, s'en allaient monter sur
» une vieille muraille de six pieds de haut,
» et s'en allaient relaisser en un pertuis cou-
» vert de lierre. »

Si, il y a trois siècles, les lièvres étaient si
malins, nous ne devons pas nous étonner aujourd'hui de leurs marches, de leurs contre-
marches, de leurs mille et une ruses, pour
échapper quand ils sont poursuivis ; c'est à

nous à lutter de sagacité, d'adresse et de per-
sévérance ; choses qui s'apprennent par l'u-
sage, quand on a bonne envie d'être chasseur.

La soirée finit, et l'on songea à aller prendre du repos.

**VI. — Le réveil inattendu. — La chasse aux
renards.— Les piéges qu'on leur tend.— Les
poisons pour les détruire.**

Le lendemain matin, il faisait à peine jour,
qu'au moment où tous nos chasseurs, fatigués de la course de la veille, reposaient encore dans leurs lits, on vit entrer brusquement dans la chambre d'Albert Pierre et
Constant, les fils du fermier.

— Albert! cria le premier, le renard vient
de nous enlever trois oies et deux dindon-
neaux!... Vos chiens dormaient et Maroc
était attaché; c'est un horrible carnage!...
Venez voir, Messieurs, le seuil de la porte est
tout rouge de sang ; les traces sont toutes
fraîches !... Allons, aux armes, et vengean-
ce !...

Et les deux frères, après avoir jeté cette
mauvaise nouvelle dans la chambre de leur
jeune maître, dans celle d'Alfred et de son
ami, aussi bien que dans celle de Victor,
vinrent, en les attendant, s'asseoir près du
poêle, en préparant leurs fusils. Tout le
monde dans la maison, jusqu'à Clara elle-
même, que ce bruit avait presque effrayée, fut
bientôt sur pied.

Nos deux collégiens, heureux presque de
la nouvelle avec laquelle on était venu les
éveiller d'une manière aussi inattendue, furent prêts en quelques minutes.

— Hélas! s'écria Manette au moment où
ils entrèrent dans la salle à manger, voilà
mon poulailler ruiné! une demi-douzaine
de volailles étranglées, ma pauvre blanchette,
ma belle frisée, ma jolie huppée, ma grosse
rousse, ma grande noire et ma gentille grise
massacrées par la méchante bête; je regrette
surtout ma bonne grise, qui tous les jours
me pondait des œufs à deux jaunes. Ah! oh!

Nos deux rhétoriciens faillirent éclater de
rire.

— Riez, Messieurs, vous le pouvez bien,
reprit la digne ménagère, toute émue et
presque en larmes; si je vous disais que ma

bonne poule grise a été élevée par ma chère maîtresse, par votre maman, Clara, oh ! vous ne ririez certes pas !

Effectivement chacun se tut, et un triste souvenir laissa sur tous les fronts une impression de douleur inattendue.

— Allons, Nanette, firent les deux fils du fermier, vous n'êtes pas la seule qui ayez à vous plaindre. Et ils se mirent à lui raconter les ravages causés dans la ferme.

— Tout ce sang-là sera bientôt vengé, s'écria Victor avec énergie.

— Nous aurons bientôt puni le coupable, Nanette, dit Albert.

— Nous ne rirons plus, bonne Nanette, et nous allons tuer tous les renards du pays, pour leur apprendre à vivre, ajouta Charles, qui avait d'abord ri au nez de la bonne ménagère, et celle-ci lui répondit :

— N'en manquez pas un !

— Voyons ! ne sois pas triste, Clara, disait Alfred à sa cousine, ce soir nous chanterons Noël!... nous allons courir ce matin jusqu'aux Trois-Rochers, jusqu'à la Saône ; c'est là que les renards ont leurs terriers, à ce que vient de me dire Constant...

— Adieu, Clara! adieu, Nanette! s'écrièrent en partant les six voix des chasseurs.

— Bonne chasse, Messieurs! répondirent la jeune fille et la vieille domestique ; puis la maison se fit silencieuse.

Quand l'oncle Robert, que l'on avait eu l'attention de ne ne pas éveiller, se leva, il aperçut la troupe à un quart de lieue, marchant à grands pas dans la plaine.

Tout en comptant sur leurs armes, ils avaient découplé plusieurs chiens, et un roquet les accompagnait. Pierre et Constant emportèrent des collets en laiton pour les tendre dans les passées et n'oublièrent pas plusieurs traquenards, sortes de piéges employés fréquemment pour prendre les renards.

Il y a des traquenards de plusieurs genres : les uns sont tout en fer ; ils s'attachent à un arbre au moyen d'une chaîne. Pour les tendre, on baisse les deux cerceaux dentés et mobiles à tourillons dans les oreilles percées sur une bande circulaire; cela ne peut se faire sans un violent effort qui rapproche la partie supérieure du membre ou de la queue du traquenard vers sa partie inférieure ; on retient les deux cerceaux édentés dans cette position, au moyen des deux arrêts qu'on a pratiqués à ces cerceaux, et sur lesquels les parties recourbées d'un arbre tournant sur lui-même dans les oreilles percées viennent se reposer. C'est à cet arbre qu'on attache l'appât, il fait tourner l'arbre sur lui-même; ses extrémités recourbées et assises sur les arêtes des cerceaux dentés s'en échappent; le manche ou ressort se débande, et dans ce mouvement, d'autant plus violent que le ressort est plus vigoureux, il embrasse et serre l'un contre l'autre les cerceaux dentés, contre lequel l'animal se trouve pris.

Le second traquenard ne diffère du précédent qu'en ce que le ressort est fait en spirale; son effet est très-énergique, et sa forme le recommande particulièrement.

Il est d'autres traquenards tout différents de ces deux derniers : quelques-uns offrent un mécanisme très-compliqué.

Revenons à nos chasseurs. Les chiens suivaient facilement la piste des renards ; car il y avait deux traces de sang bien distinctes, ce qui prouvait que le même voleur avait fait deux voyages différents avec sa charge de victimes. Nos six chasseurs se divisèrent : trois suivirent la première piste, trois autres s'en allèrent sur l'autre piste ; au milieu des chiens courait le roquet, qui devait pénétrer dans le terrier, au cas où l'on serait obligé de forcer la bête.

La moitié des chasseurs, composée d'Albert, de Charles et de Constant, arriva, en suivant la trace, jusqu'à un coteau couvert de broussailles, où le renard gîtait, digérant la volaille de la ferme ; dès qu'il entendit retentir les aboiements des chiens, il s'élança tout à coup devant eux.

Nos chasseurs se postèrent pour l'attendre à la randonnée, tandis que les chiens le poursuivaient, et effectivement, un instant après, quand il eut fait un grand circuit pour les mettre en défaut, ils le virent revenir à son gîte, où il fut accueilli par trois coups de feu qui l'étendirent sans vie.

Deux renards étaient en effet venus visiter les fermes. Victor, Alfred et Pierre, en suivant l'autre piste avec le roquet qui les accompagnait, arrivèrent jusqu'au terrier, autour duquel ils trouvèrent quelques touffes de plumes éparses. En cet endroit le chien redoubla ses aboiements.

Ce terrier, creusé au pied d'un arbre, ne pouvait avoir beaucoup d'issues. Après d'ac-

tives recherches, on n'en trouva que deux à
cinq mètres environ du trou principal. Pierre
en boucha une en piétinant la terre, tandis
qu'Alfred se tint vers l'autre trou, prêt à
faire feu ; Victor, lui, faisait entrer le roquet
dans le boyau du terrier principal, il l'exci-
tait de la voix et prêtait une oreille attentive
à ses aboiements, qui diminuaient de force
à mesure qu'il pénétrait dans le souterrain.

Le brave chien, après un combat acharné
au fond de l'accul, où le renard s'était réfu-
gié, fut contraint de s'en revenir les oreilles
sanglantes et déchirées par son ennemi... Il
n'y avait plus d'autres ressources convena-
bles que d'enfumer l'animal ; et, pour cela,
pendant qu'Alfred montait toujours la garde,
tout yeux et tout oreilles, Victor et Pierre
ramassèrent du bois sec à l'orifice de la
gorge et y mirent le feu, en faisant avec leurs
bonnets de chasseurs pénétrer la fumée dans
l'intérieur, jusqu'à ce qu'ils la virent sortir
par l'ouverture que surveillait Alfred ; celui-
ci alors la boucha, en y insérant une grosse
pierre détachée du rocher voisin, afin de forcer la fumée à s'accumuler dans l'intérieur.
Pierre et Victor entretenaient le feu avec de
l'herbe sèche, des feuilles humides, du bois

vert et autres combustibles propres à aug-
menter l'épaisseur de la fumée, et bientôt ils
eurent le plaisir d'entendre la toux du renard.

L'un d'eux prit alors un bâton de quatre à
cinq pieds de longueur, il fit une fente à
l'extrémité, y inséra une mèche soufrée, qu'il
enflamma, et ôtant la pierre, l'enfonça dans
le trou pendant que d'un autre côté on poussait le brasier dans l'intérieur du terrier;
ils rebouchèrent bien vite et hermétique-
ment toutes les ouvertures, et se retirèrent
pour donner au renard le temps d'étouffer.

La réussite était assurée, et nos chasseurs,
tranquilles de ce côté, se réunirent pour
disposer les collets en laiton, comme ceux
que nous avons décrits pour la chasse aux lièvres. Ils tendirent les traquenards dans les
environs de nouveaux terriers qu'ils avaient
encore découverts, en plaçant sur la détente
de l'un et sur la bascule de l'autre un appât
préparé par les soins de Victor, et qui avait
été fait de la façon suivante :

Dans une casserole de terre neuve, placée
sur un fourneau, on met une demi-livre de
saindoux, que l'on fait fondre, et quand cette
graisse est assez chaude, on y fait frire de

petits morceaux de pain blanc de la grosseur du pouce, que l'on remue avec une spatule de bois de morelle. Lorsque le pain est
frit et que le mélange est sur le point de se
coaguler, on y introduit la valeur d'un dé à
coudre de camphre pulvérisé. On retire le
tout du feu pour que l'odeur ne s'évapore
pas, et l'on remue avec la spatule jusqu'à ce
que tout soit refroidi. Il faut observer, en
faisant cet appât, de ne point respirer dedans
et de ne pas le toucher avec le doigt dès que
l'on y a incorporé le camphre; on met ensuite ces fritons dans un pot neuf, passé à
l'eau chaude et parfaitement inodore; on couvre le pot avec un bouchon de liége et on
conserve cet ingrédient pour s'en servir au
besoin : la même spatule doit être précieuse-
ment conservée. Quand l'appât réussit, ce qui
n'arrive pas toujours, sans qu'on puisse trop
en dire la cause, il faut le ménager, dans la
saison d'hiver il pourra servir pendant plusieurs mois. Ces sortes de compositions d'appât peuvent se fabriquer de plusieurs manières, et beaucoup de personnes se conten-
tent d'amorcer le piége avec des morceaux
de viande morte, ou avec un animal vivant ;
une volaille est surtout préférable : mais

dans ce cas on doit faire en sorte qu'elle ne puisse pas faire partir la détente.

La saison la plus favorable pour tendre le traquenard est depuis la fin de l'automne jusqu'au mois de février. Il ne faut pas le placer dans le bois, ni dans aucun lieu couvert ; mais seulement à proximité de ces endroits, dans un pré, une terre, un pâturage ; le renard, qui a du flair, découvre tous les objets à cinquante pas à la ronde ; de cette façon il perd un peu de sa défiance naturelle ; on fait un encaissement peu profond dans lequel on tend et on enterre le piége, que l'on recouvre de graines de foin : le renard a le nez très-fin ; aussi faut-il employer toute l'adresse possible pour lui dérober les émanations du chasseur. Celui-ci chaussera donc des sabots neufs pour venir à l'endroit où l'on veut tendre le piége, et il aura soin de les frotter avec la composition de l'appât ; il fera plusieurs tours sur la lisière des bois environnants, et à mesure qu'il se rapprochera du piége, il jettera quelques poignées de graines de foin de distance en distance, en plaçant un petit morceau de pain frit dans l'appât sur chacune d'elles.

Si pendant trois ou quatre nuits de suite

le piége n'a produit aucun effet, et que l'on
ait cependant la certitude qu'il y a des renards dans le canton, il faut attribuer cette
déconvenue à ceci : que les préparations ont
été manquées ; dans ce cas on relèvera le
piége, on le nettoiera de nouveau, et l'on
recommencera une nouvelle composition
dans des vases neufs, avec des drogues meilleures.

Avant de tendre le piége, si l'on désire s'assurer que le canton est habité par des renards, on devra bêcher superficiellement la
terre à la distance de cinquante pas du bois,
puis on y jettera l'appât, et l'on verra facilement, par l'empreinte des pieds sur la terre
meuble, si l'animal y a passé ; en ce cas on
répètera deux ou trois fois l'expérience pour
lui donner le change, et l'on posera ensuite
son piége.

De même que le lièvre, le renard se chasse
à l'affût, et pour l'y faire venir, on aura le
soin de frotter sa chaussure avec l'appât
dont je viens de parler. Si pourtant, au lieu
de faire franchement la chasse au renard, ou
de le prendre avec des piéges, vous voulez
vous contenter de le détruire, il est facile de
l'empoisonner. Pour obtenir ce résultat vous

faites, avec une pâte composée de noix vo-
mique en poudre, du saindoux et un peu
de verre pilé, de petits boudins d'un pouce
et demi de long, et vous placez ces gobes sur
une pierre plate surmontée de deux autres
petites pierres qui forment un toit, de façon
à les garantir de la pluie; avec la même composition on peut aussi faire des boulettes de
la grosseur d'une noix, que l'on couvre avec
la moitié d'une coque d'œuf; vous mettez
aussi à côté un petit morceau de pain frit,
ainsi que je le disais tout à l'heure. Ces gobes
se placent sur la lisière des bois et à deux
pas des chemins; elles attirent le renard de
très-loin; lorsqu'on en trouve de mangées,
on peut suivre la piste de l'animal, que l'on
trouve ordinairement mort à peu de distance.

Après avoir tendu leurs différents piéges,
et causé comme nous venons de le raconter,
des appâts et des poisons, nos chasseurs, res-
tés dehors pendant plusieurs heures, revin-
rent au terrier où ils avaient enfumé le renard; ils le trouvèrent en effet suffoqué près
de l'une des trois ouvertures.

Puis on rentra à la maison, où Nanette,
Clara et tous les travailleurs des fermes

poussèrent des cris de joie à l'aspect des deux énormes renards que Pierre et Constant portaient sur leurs épaules.

VII. — La veille de Noël. — La joie des enfants. — L'arrivée de Thomas. — Ce qu'il raconte. — La chasse aux cerfs, aux chevreuils, aux chamois.

Aux approches du soir, quoique la température eût été fort douce pendant la journée, le ciel se couvrait de nuages grisâtres, le vent du nord devenait âpre et plus piquant : l'oncle et son neveu, Albert, Victor et Charles causaient de leur expédition de chasse, assis autour d'un poêle de fonte, dont le feu grondait en produisant ce doux bruit qui excite à la causerie pendant les soirées d'hiver. On parlait du renard ; et nos deux collégiens, n'ayant pas d'aventures personnelles à raconter, récitaient les fables d'Esope et de Phèdre, sans oublier celles de notre bon Lafontaine, où maître renard joue ce rôle de fin compère, avisé courtisan, que vous connaissez tous, amis lecteurs.

A quelque distance d'où l'on parlait de la chasse, on voyait s'ébaudir un joli groupe d'enfants de six à douze ans, petits garçons et petites filles, dont l'oncle d'Alfred, Albert et Clara, étaient les parrains ou la marraine.

— Toi qui as pleuré tout le jour, Marie, disait à sa sœur le petit Louis, tu ne songeais pas que c'était demain Noël. Quel beau jour, et la belle nuit aussi! Quand nous dormirons, le ciel, que tu vois maintenant si obscur, deviendra clair comme au mois de mai, à minuit tous les oiseaux chanteront, et les anges apparaîtront radieux comme des étoiles.

— Oh! cela doit être bien beau, fit Justin, et je veux veiller toute la nuit pour voir ce spectacle.

— Soit! Mais c'est que si ut restes éveillé, tu ne verras rien du tout, c'est la punition des curieux de ne rien voir. Il ne faut être ni curieux ni méchant, pour voir tout cela.

— Cependant moi, qu'on accuse d'être si curieux, j'ai vu tout à l'heure..... oh! c'était bien joli, n'est-ce pas, Marie? dit Adèle.

— Tais-toi, Adèle! si tu bavardes ainsi nous n'aurons rien : l'ange de Noël s'en ira sans rien nous donner.

4

— Pourquoi donc n'aurais-je rien? répliqua, en faisant la moue, la petite Léonie,
charmante enfant de cinq ans, dont les cheveux soyeux et bouclés, le front doux au
toucher comme le duvet d'une pêche, et les
joues roses et pures pareilles aux fleurs du
pommier, eussent pu servir de modèle à un
peintre pour les enfants.

— Oui, cher petit ange, tu auras des bonbons et de jolies choses, dit Clara, qui, en
passant près des enfants, avait entendu l'observation de la petite Léonie; elle caressa de
la main la blonde tête, puis s'éloigna après
avoir ajouté un baiser à la promesse qu'elle
venait de faire.

—Vous ne vous apercevez pas qu'il est nuit,
mes amis, dit Charles, fatigué de fixer les
yeux sur la lueur rougeâtre qui se projetait
dans la chambre par le soupirail du poêle.

Il se leva étourdiment, et, en se levant, fit
tomber sa chaise en arrière, bruit qui in-
terrompit l'entretien des chasseurs et fit peur
aux petits enfants. Nanette, un instant après,
apporta une lumière. Le petit groupe d'enfants blonds et roses apercevant la clarté, se
dispersa, et se mit à sauter et à courir dans
la chambre en attendant les bonbons bénits

que l'ange de Noël allait faire pleuvoir sur
eux en secouant ses ailes.

Un instant après Clara revint, elle prit Léonie et le petit Louis par la main, tandis que
les autres enfants se pressaient autour d'elle,
et les conduisit à travers un appartement que
rien n'éclairait, jusqu'à une porte qu'elle
ouvrit tout à coup devant eux. Des torrents
de lumière les éblouirent d'abord, et les merveilles qu'ils virent les jetèrent dans le ravissement. Il y avait au milieu d'une table,
couverte d'une grande nappe de lin miroi-
tant, un pot couvert de mousse, dans lequel
était planté un petit sapin surmonté d'une
croix, et à l'extrémité de chaque bran-
che une bougie scintillante éclairait des
nœuds de rubans bleus, blancs, rouges, de
toutes couleurs, des pommes et des noix do-
rées. Au pied de ce resplendissant petit sapin, assurément arraché au paradis terrestre,
on pouvait admirer sur la nappe blanche un
délicieux dessert composé de noisettes, d'a-
mandes, de dragées, de toutes sortes de frian-
dises. Au milieu de ces sucreries étaient
groupés des chevaux, des cavaliers, des ber-
gères, des agnelets, des petits chiens, des
poupées, des sabres, des croix d'honneur,

tout en sucre, voire même une crèche avec
l'Enfant Jésus et tous ceux qui font partie
de cette représentation de Noël.

Qu'il était joli le petit sapin de l'ange de
Noël! Dire le ravissement des enfants, leurs
rires, leurs cris, leurs transports, leurs joies
naïves et sémillantes, serait réellement impossible. Ces expressions de bonheur, si saisissantes, si souvent renouvelées du premier
âge, pour les peindre il faut les sentir, et
pour les sentir dans toute leur naïve fraîcheur il faudrait redevenir enfant; il faudrait être comme Louis, comme Justin, comme Adèle ou la petite Léonie, il faudrait respirer ce parfum suave qui voltige autour du
front des enfants.

— N'y a-t-il rien pour ton père, ma Clara,
parmi toutes ces gâteries? fit l'oncle Robert.

— Certes si! cher père, répondit-elle; et en
disant ces mots la belle jeune fille posa ses
lèvres sur la joue de son père et l'embrassa.
Ce fut là comme le baiser qu'un chérubin eût
déposé sur le front d'un juste.

Pendant que les petites filleules de Clara
grignotaient leur part de pain d'épice, tandis
que Louis mettait en pièces un grenadier de

sucre, que Justin mangeait un sabre, que
Charles s'ébahissait devant un mouton de
beurre, le plus joli peut-être et le mieux
frisé qui fût sorti des mains de la bonne Nanette ; au moment où Alfred posait debout
un fantassin de sucre candi sur une pile de
boulets de chocolat, l'on entendit tout à coup
les chiens japper dans la cuisine, des pas
lourds retentirent sur les dalles, et la porte
du salon que l'on venait de quitter s'ouvrit
rapidement, tandis qu'une voix cordiale pro-
nonçait ces mots avec une intonation militaire :

— Personne ! ils ont, je crois, disparu comme des sylphes.

A ces mots tout le monde se leva, les enfants seuls restèrent en présence de leurs
merveilleuses sucreries.

— Mais ! c'est mon parrain Thomas, s'écria
Charles.

— Eh ! bonsoir monsieur Thomas, dirent
Victor et Alfred.

— Enfin vous voici. Soyez le bienvenu,
mon ancien caporal au 2°, dit le frère du
colonel, asseyez-vous. Et toi, Nanette, sers
bien vite le souper, que nous arroserons de
notre meilleur vin d'Arbois.

— Sambre-et-Meuse ! ça n'est pas de refus : j'ai toujours soif quand j'arrive chez un ami, à la noce comme à la fin d'une bataille. Depuis dix heures je suis en marche, et il fait nuit; il est temps, je crois, de faire halte. Bonsoir, mes amis, mes enfants, j'ai bien des choses à vous dire de la part de mon colonel, de celle de sa femme, de la petite Emma, qui est toujours douce comme une petite victime, de ton père et de ta mère, Charles, et de tes frères et sœurs; bref, ce sera un feu de file d'embrassades. M. le curé vous fait aussi bien des compliments. Mais, à propos, comment va tout le monde ici?

— Fort bien, père Thomas ; et vous !

— Oh! moi, c'est toujours de même, pas plus mal qu'à l'ordinaire, si ce n'est que dans vos montagnes on se casse les jambes comme au plateau de Rivoli.

— Allons, cher parrain, vous voilà sur la voie.

— Va, va, petit lévrier, tu ne me suivrais pas à la piste sur les traces que nous nous sommes frayées par monts et par vaux, par terre et par mer, partout, quand l'empereur Napoléon Ier nous menait nous promener dans les sables d'Egypte, à l'exposition

des coups de soleil; ou bien que nous nous
couchions sur un oreiller de neige. Tout ça
nous était bien égal à nous, vieux gro-
gnards, qui avions pris l'habitude d'aller
partout au pas de charge; en avant! un,
deux, enfoncé! qui plus est, mon garçon, je
n'ai pas toujours employé mon temps à laver
la tête aux Mamelucks et aux Cosaques, ou
à prendre des barbillons et des carpes.
Avant 89, du temps de M. le comte de Belmont, brave et digne homme, que les bourreaux de 93 n'ont pas épargné, eh bien!
avant 89, moi, qui te parle, j'ai été deux ans
le piqueur du vieux comte, Dieu lui fasse la
paix! A cette époque j'ai porté bas plusieurs
fois un chevreuil, un cerf. Le dernier que
j'ai tué, ce fut le jour même où tomba la
Bastille... Les Prussiens nous faisaient déjà
la mine.

— Ah! contez-nous donc votre chasse au
cerf; se servait-on du cor de chasse, d'une
meute?

— Eh! sans doute. Voici ce que c'était que
nos chasses. Ça ne ressemble pas précisément à celles de nos jours; mais n'importe!
Chacun prêta l'oreille, et le vétéran de Rivoli et d'Arcole continua en ces termes :

— Je vais vous dire d'abord, mes amis, ce que c'était qu'un piqueur : un brave homme de bonne volonté, plein d'intelligence et de vigueur, à la tête solide, aimant son métier, connaissant les chevaux et les chiens. Il n'était point brutal, mais au contraire fort poli, quoiqu'il sût rembarrer ceux qui se targuaient devant lui de connaître la chasse, et qui, généralement parlant, n'en savent pas plus loin que leur nez. Un bon veneur doit juger l'âge et le sexe de l'animal de meute ; il lui faut distinguer et reconnaître positivement si le cerf qu'il a détourné avec son limier est un daguet, un jeune cerf, un cerf dix-cors jeunement, un cerf dix-cors ou un vieux cerf ; et les principaux indices qui peuvent donner cette connaissance sont les pieds et les fumées. Le pied du cerf est mieux fait que celui de la biche ; sa jambe est plus grosse et plus près du talon ; ses voies sont mieux tournées et ses allures plus grandes : il marche plus régulièrement et porte le pied de derrière dans celui de devant, tandis que la biche a le pied plus mal fait, les allures plus courtes, et ne pose pas le pied de derrière dans celui de devant. Quand le cerf est jeune, la trace de ses pieds ressemble fort à celle de la biche, et pour être sûr de son fait, on doit regarder de très-près et en *revoir* souvent. Le dernier cerf que j'ai chassé, — je vous ai dit à quelle époque, — fut forcé près de notre étang de Mérilly! C'était, je m'en souviens, par une belle matinée d'automne, car l'hiver n'est pas le bon temps pour la grande chasse. Nous étions quinze chasseurs que suivirent une cinquantaine de chiens, tous distribués en relais. Quand le rapport fut fait, la trompe sonna : on se mit en chasse, et chacun lança son cheval au galop. Le cerf, malgré ses ruses et ses rembûchements, fut longtemps tenu en vue; à la fin, cependant, une clairière le déroba à nos regards. Quand il reparut, une nouvelle ardeur l'avait ranimé. Le dernier relai se présenta; on le fit donner aussitôt, les chiens, qu'on avait repris de tous côtés, furent également découplés et leurs aboiements, mêlés au bruit des fanfares, produisaient un ravissant concert, qui était tantôt plus bruyant, tantôt moins, pour recommencer de plus belle. On eût cru assister à la mêlée d'une bataille tandis que le canon tonnait plus ou moins fort, puis que tout bruit cesse, tout reste coi, et enfin les crépitements de la fusillade re-

commencent. A la fin le cerf fut relancé au milieu des chiens, qui l'entourèrent et le forcèrent à se jeter dans un étang; ils l'atteigni-
rent et le forcèrent à aborder, et pendant que
les chasseurs l'achevaient, toutes les trompes
sonnèrent. Quand il fut mort, le premier piqueur leva le pied de devant pour le présenter au maître, qui le reçut avec courtoisie
comme cela se pratiquait du temps de la féo-
dalité. On laissa les chiens approcher et on
fit la curée, puis on rentra au logis.

Quand Thomas eut achevé de parler, Albert continua : Aujourd'hui, il reste fort
peu de cerfs en France, mais en revanche il
nous est donné quelquefois de pouvoir chasser le chevreuil, ce charmant animal dont
malheureusement l'espèce diminue aussi de
jour en jour. Ces quadrupèdes sont l'honneur
de nos bois, gais, lestes, gracieux dans leurs
mouvements et leur allure vive et légère. Le
chevreuil, par ruse, se dérobe adroitement.
Il est bien difficile à suivre, il échappe souvent aux chiens, par la rapidité de sa première course et par ses détours multipliés.

Il n'attend pas, pour employer la ruse,
que les forces lui manquent; dès qu'il sent
que les premiers efforts d'une fuite rapide

ont été sans succès, il revient sur ses pas,
retourne, et repasse encore. Lorsqu'il croit
avoir réussi à brouiller ses voies, il fait un
bond, et, se jetant de côté, il se met ventre à
terre et laisse sans bouger passer près de lui
la troupe entière de ses ennemis ameutés.
Mais s'il prend son parti, et s'il court en
avant, sa fuite est si rapide, que le chasseur
doit tirer prestement, quand même l'animal
s'arrêterait sur le bord du taillis avant de
traverser une route. C'est dans le fourré que
le chevreuil se laisse tirer plus facilement.
Ce joli quadrupède, très-paisible en famille,
habite avec sa compagne et ses petits, sans
jamais s'associer avec des étrangers, dans les
grands bois entourés de terres labourables ;
il se plaît dans les taillis de deux ou trois
ans, car il s'y nourrit de bourgeons et de jets
du bois, dont il ne mange que la pointe ;
cette nourriture le met souvent dans un état
d'ivresse. On le trouve également dans les
coupes où croissent la bruyère et les ajoncs
toujours verts. C'est au milieu de ces touffes,
dans les sentiers qu'il y trace ou dans ceux
qu'on y fait soi-même, qu'on tend avec le
plus grand succès la raquette à fossette,
sorte de piège de braconnier fort destructeur;

on attire la femelle dans ces piéges, ou à l'affût encore, au moyen d'un appeau qui imite la voix plaintive de ses jeunes faons.

—Il y a deux ans, en traversant les montagnes de la Savoie, fit Victor à son tour, j'ai appris des détails que vous aimerez sans doute à entendre sur une chasse étrangement aventureuse, c'est celle au chamois. Le chasseur part ordinairement pendant la nuit, pour se trouver à la pointe du jour dans les herbages situés sur des rochers élevés, où cet animal vient paître avant l'arrivée des troupeaux. Une fois parvenu en cet endroit, il regarde attentivement avec sa lunette d'approche, et s'il ne voit rien, il s'avance et monte encore. S'il aperçoit les chamois, il tâche de grimper au-dessus d'eux et de les approcher, en longeant quelque ravin ou en se coulant derrière quelque rocher. Arrivé à portée pour pouvoir bien tirer, il appuie sa carabine rayée sur le roc, ajuste avec sang-froid, et rarement manque son coup. Mais si, comme il advient plus souvent, le vigilant animal a vu venir le chasseur, il s'enfuit avec la plus grande vitesse vers les glaciers, à travers les neiges et les rochers les plus escarpés; c'est là que commencent les fati-

gues du chasseur. Emporté par sa passion,
il brave le danger ; on le voit s'aventurer sur
les neiges, sans songer aux abîmes qu'elles
peuvent cacher ; il s'engage dans les routes
les plus périlleuses, monte, s'élance de roc
en roc, incertain de son retour. Souvent la
nuit l'arrête au milieu de sa poursuite ; mais
il ne renonce pas pour cela, car il s'imagine
que la même cause va forcer le chamois à
s'arrêter, et qu'alors il pourra le rejoindre le
lendemain ; il passe donc la nuit non pas au
pied d'un arbre, comme le chasseur de la
plaine, ou dans un antre tapissé de verdure,
mais au pied d'un rocher, sans abri, au bruit
des torrents, sur le bord des précipices. Là,
seul, sans feu, sans lumière que celle des
étoiles qui resplendissent dans un ciel bleu
et glacial au-dessus de sa tête, il tire de son
sac un peu de fromage et un morceau de pain
d'avoine, relève une pierre pour lui servir
d'oreiller, et s'enveloppe dans sa pelisse. Il
s'endort en pensant au chamois, qu'il pour-
suit dans ses rêves. Eveillé bientôt par les
frissons que lui causent le froid du matin,
il se lève transi et examine avec soin les précipices qu'il lui faudra franchir. Il boit un peu
de kirsch, liqueur généreuse dont il porte

toujours une provision dans son sac, et s'en
va courir de nouveaux hasards. Ces chasseurs restent ainsi plusieurs jours dans ces
solitudes alpestres. Examinant ces hommes
d'une audace sans pareille, vous leur trouve-
rez une physionomie âpre et sauvage, quelque chose de hagard, qu'ils conservent toute
leur vie, et qui dans un chalet des Alpes fait
de suite reconnaître le chasseur de chamois.

Nanette avait servi le souper, qui fut égayé
par les anecdotes militaires du bon Thomas,
à la plus grande satisfaction de nos chasseurs de renard et à la joie des petits enfants.

Cette fête de famille était faite pour char-
mer tous ceux qui y prenaient part, et quand
Alfred et Clara chantèrent leur hymne de
Noël, cinq à six voix argentines et fraîches
s'élevèrent avec la leur pour répéter :

« Gloire à Dieu dans le ciel, et paix aux
» hommes de bonne volonté sur la terre! »

VIII. — La neige. — Les différents piéges que
l'on tend pour prendre les loups. — Le fusil
d'affût.— Les fosses. —Les chambres à loup.
— La battue, etc.

Pendant la nuit, le temps avait changé, et
le jour de Noël, quand l'aube parut, la campagne était blanche de neige. Cette pluie
glacée continua à tomber pendant le reste
du jour et toute la matinée du lendemain.
Nos chasseurs, condamnés à rester à la maison, se dédommagèrent de cette privation
momentanée en s'entretenant ensemble des
piéges que l'on tend au loup.

Ce qui les faisait penser à ces engins des-
tructeurs, c'étaient les hurlements que, de
loin en loin, on entendait au milieu des montagnes et des forêts voisines. Victor, Albert,
Thomas et l'oncle Robert racontèrent ce qui
suit à ce sujet.

La chasse au loup est le passe-temps favori de nombreux chasseurs en plusieurs
pays, et l'on a judicieusement observé que
cette chasse n'arrache aucune larme à l'hu-

manité ; n'est-ce pas un acte vraiment méri-
toire que celui de purger la terre de ces bêtes
dévorantes? Aussi, pour y parvenir, a-t-on re-
cours à la force et à des stratagèmes de toute
espèce.

Les propriétaires des parcs qui prêtent à
cette sorte d'embûche font élever un enclos
construit de telle façon qu'il y a d'un côté
une haute et forte barrière et de l'autre un
escarpement d'où les loups peuvent bien sauter en bas, mais d'où ils ne peuvent plus s'é-
chapper dès qu'ils se sont introduits dans
l'enceinte, où les a attirés un appât mort ou
vivant. Il est alors facile de les tuer à coups
de fusil.

On traque les loups au moyen de battues,
et à cette fin on a préalablement choisi des
haies bien fourrées, dans lesquelles on pratique plusieurs passages, à chacun desquels
on dispose un filet en forme de bourse ou de
nasse de pêcheur dans lequel les loups se
laissent prendre.

On suspend aussi dans un lieu solitaire
une charogne aux branches d'un arbre,
après avoir eu le soin de faire une traînée,
en laissant de ci de là des petits morceaux
de cette même charogne. Les chasseurs at-

tendent l'approche de la nuit et s'avancent alors avec la plus grande circonspection vers l'endroit, où souvent ils trouvent deux ou trois loups réunis, sautant et s'efforçant de s'emparer de l'appât. Tandis que ces animaux sont ainsi occupés, on les tue à coups de fusil chargé de chevrotines.

— Je me rappelle, dit Albert, que lorsque j'étais au collége, un habitant du bourg tua, le même hiver, et sans sortir de chez lui, deux loups dans son verger. Il s'y était pris de la manière suivante. Une ficelle, attachée à une charogne sous un pommier, correspondait dans sa chambre à une sonnette dont le bruit devait l'avertir de la présence du ou des carnassiers. Sans faire de bruit, à travers un carreau enlevé à la fenêtre, il faisait feu sur les animaux affamés. Il faut vous dire, mes amis, que notre collége se trouvait dans un pays où l'on trouvait grand nombre de vieux chevaux, comme aussi des ânes, ce qui, par parenthèse, servait à faire sur notre compte de fréquentes allusions de très-mauvais gout : sur ces vieux ânes et ces vieux chevaux, messire loup comptait comme un héritier sur un douaire.

— Oh ! mon Dieu ! il y a bon nombre de

colléges semblables à celui-là, fit Charles en
éclatant de rire.

—Le *fusil d'affût* est une méthode excellente
pour tuer les loups, car le chasseur n'étant
pas là, ces animaux ne perçoivent aucune
émanation qui puisse les mettre en défiance.
On choisit assez souvent, pour tendre ce
piége, la proximité d'un ruisseau ou la lisière
d'une forêt. On prend un fusil de munition
à gros calibre, ou une forte carabine, dont la
détente soit douce et s'échappe à la plus légère pression. On augmente d'un quart de
poudre la charge ordinaire, et l'on met une
dizaine de grosses chevrotines par-dessus ;
puis, dans une haie ou un buisson qu'envi-
ronne un espace découvert, on plante solidement en terre quatre pieux, qui forment deux
fourches, en les plantant en forme d'X ; on
pose le fusil dessus, et on le fixe avec la plus
grande solidité. Il est essentiel que l'arme
soit ajustée de telle sorte que, quand elle
partira, la charge porte sur un point déterminé, à quinze pas et à un pied de la surface
du sol. Si le fusil n'est pas à piston, on couvre sa batterie d'un petit toit fait de deux
pierres, que l'on masque avec de la mousse,
et que l'on arrange de manière à préserver le

bassuet de la pluie, du brouillard et de la fraîcheur. Au point de mire du fusil, on place le cadavre d'un petit animal, de manière qu'il se trouve dans le périmètre du coup, on attache ensuite une ficelle, tenant d'un bout au cadavre et répondant de l'autre à la gâchette, où elle fait un petit coude, et revient sur elle-même à la détente. Le loup, en saisissant la proie, tire la ficelle et fait partir l'arme, qui le tue ou le blesse mortellement.

La réussite du fusil d'affût, et généralement de tous les piéges que l'on tend au loup, n'est certaine qu'en hiver, lorsque les campagnes sont recouvertes par la neige et que la gelée est forte. Il faut que la faim force le loup à oublier sa finesse ordinaire, pour braver les dangers et se procurer sa nourriture.

Cette invention, de même que la plupart de celles que l'on met en usage pour détruire les loups, est fort dangereuse pour les hommes et les animaux domestiques, mais surtout pour les chiens ; aussi ne doit-on se permettre d'en placer que sur sa propriété, aux lieux et places où l'on sait que personne n'ira.

Il faut aussi prévenir par précaution les habitants du voisinage, et habitant même à quelque distance de l'endroit où se trouve le piége. On plantera aussi, si on le juge à propos, des piquets surmontés d'écriteaux afin de prévenir les passants.

On prend également des loups avec des hameçons construits de différentes manières, et avec les traquenards. Ces derniers piéges réussissent le mieux. Mais il est important, si l'on possède un traquenard, de savoir le tendre, puis de connaître l'endroit où il faudra le placer, et la manière d'y attirer l'animal. C'est pendant l'hiver, durant les grands froids, que l'on est le plus assuré du succès. Avant de tendre son piége, il faut le bien fourbir pour qu'il soit immaculé et brillant, comme pour la chasse au renard.

Au milieu d'un espace découvert, au bord d'un bois ou dans la forêt même, s'il existe des carrières favorables, on creuse, à l'aide d'une pioche, un trou peu profond, dans lequel le piége tendu doit s'enchâsser sans être gêné dans son mouvement; on dispose ensuite le traquenard dans la fosse, et on le recouvre en entier de balayures de grenier à foin; l'appât seulement doit apparaître à la

surface. Cela fait, il s'agit de préserver le
piége des effets de la gelée, pour qu'il ne
s'attache pas au terrain et ne soit point gêné
dans son jeu. On doit d'abord le cacher au
moyen d'un léger lit de balayures, afin d'empêcher le contact. Après avoir pris ces précau-
tions, on se chausse de sabots neufs et l'on fait
une traînée, non point avec une corde, mais
avec un hart, pendant l'espace de mille pas
environ jusqu'au piége ; le mieux serait d'en
faire plusieurs venant toutes aboutir au traquenard : on répand le long des traînées des
poignées de graines de foin, sur lesquelles on
pose une petite gobe de viande, de façon à
allécher l'animal, qui est bien souvent assez
défiant pour chercher à saisir l'appât avec la
patte ; dans ce cas, il est pris seulement par
ce membre et il entraîne le piége fort loin,
sans pouvoir s'en débarrasser, ou encore se
couper le pied avec les dents, abandonnant
le bout de sa patte au chasseur. Ce sacrifice
fatal amène le résultat du but que se propo-
sait le tendeur de piéges, car le loup ainsi
mutilé périt presque toujours des suites de
cette cruelle blessure, quelquefois même victime de la ferocité de ses pareils ; ce qui
donne un démenti réel au proverbe qui dit

que les loups ne se mangent pas entre
eux.

Les nœuds coulants, comme on en tend
aux lièvres et aux renards, sont aussi employés depuis très-longtemps pour prendre
les loups; seulement ils doivent être plus
forts. Du reste, les piéges qui, avec le traquenard et le fusil d'affût, sont le plus souvent employes à la destruction du loup, sont
les suivants :

La *fosse aux loups :* c'est là un excellent
moyen pour s'en emparer; mais comme il
pourrait être fatal aux voyageurs, on ne doit
s'en servir que dans les lieux écartés, où l'on
est assuré que personne ne passera. On choisit pour la construire un vieux sentier dans
une grande forêt, conduisant d'un fourré à
un autre. La fosse peut être indifféremment
ronde ou carrée, elle doit avoir dix pieds de
profondeur, six de largeur à l'ouverture,
huit au fond. Si donc elle est ronde, on
pourra la représenter par un tronc de cône
souterrain ; si elle est carrée, par un tronc de
pyramide quadrangulaire. Cette inclinaison
intérieure des parois fait que le loup ne peut,
malgré ses efforts, sauter au-dehors. La fosse
creusée, et la terre portée à distance, pour

ôter toute défiance à l'animal, on couvre l'ouverture de légers branchages entrelacés, sur lesquels on étend de la mousse et des feuilles sèches, afin de masquer jusqu'à la plus légère apparence de piége. Il faut qu'un animal de la pesanteur d'un chien ne puisse passer sans enfoncer ce frêle plancher et tomber dans la fosse ; cependant il est important que cette surface soit assez solide pour porter la neige, qui achèvera de masquer la fosse à la vue. On attire le loup dans le piége au moyen de traînées.

La *fosse à bascule* ne diffère de la précédente que parce que l'on dispose sur le trou un châssis, qui s'enfonce aussitôt que l'animal met le pied dessus.

Le *tour à loup* est un piége très-vanté et fort employé dans quelques provinces boisées de la France. On le place à trois ou quatre cents pas d'une habitation, et, s'il se peut, à proximité d'un bois. On trace sur le terrain un cercle de huit à dix pieds de diamètre : on a préparé des pieux de la grosseur d'une forte bûche, et de trois mètres de longueur au moins ; on les enfonce à cinquante centimètres de profondeur dans la terre, en les espaçant à quatre ou cinq centimètres les uns des autres, de manière à former comme une cage à jour. Concentriquement à ce premier cercle de pieux on en plante un second éloigné de quinze à vingt centimètres. On enfonce les pieux avec beaucoup de solidité, et l'on bat fortement la terre dans le sentier circulaire entre les deux rangs. On ménage ensuite une ouverture de dix-huit pouces de largeur, et l'on y ajuste une porte en bois de chêne, tournant avec facilité sur des gonds de fer. Cette porte se ferme seule, au moyen d'un loqueton qui tombe dans un cran. On place une oie ou un mouton dans la cage du milieu ; puis on laisse la porte ouverte ; mais il faut qu'elle soit construite de manière à ce que le moindre effort la fasse tomber sur ses battants et se fermer.

Lorsque tout est ainsi préparé, voici ce qui arrive. Le loup, attiré par les cris de l'oie ou du mouton, se promène longtemps autour du piége, et s'en approche peu à peu ; il examine sa proie, et cherche à arriver jusqu'à elle ; il rencontre enfin la porte ouverte, entre, et suit le sentier, pour arriver de l'autre côté de la porte, qui lui barre le passage. Le couloir, trop étroit, ne lui permet pas de retourner ; il est donc contraint de faire un léger effort en avant : la porte perd son équilibre, tourne sur ses gonds et se referme. L'animal, resserré dans son étroit sentier, fait et refait mille fois le tour de la cage, mais sans aucun résultat : il est bien pris et le chasseur vient s'emparer de lui dès que le jour paraît.

Ce piége, pour peu qu'on l'entretienne, peut durer un bon nombre d'années, et si les loups sont communs dans le canton, on est sûr d'en prendre plusieurs chaque hiver. Si l'on veut préserver des intempéries de l'air l'animal qui sert d'appât, on peut couvrir en chaume ou en jonc la cage intérieure, sans nuire au succès de la chasse.

La *chambre à loup* est un piége qui a beaucoup de ressemblance avec le précédent et dont le succès est à peu près le même. Avec des pieux semblables à ceux du *tour à loup* on forme un carré assez vaste. Ces pieux doivent être enfoncés solidement, et même un peu inclinés en dedans, afin d'ôter au loup qui serait dans la chambre la faculté de sauter par-dessus. Sur un des côtés on place une porte de manière à ce qu'elle ferme seule et par son propre poids, et l'on y place un loqueteau, afin qu'une fois fermée, elle ne puisse plus s'ouvrir. On maintient la porte

5

ouverte au moyen d'un bâton placé en travers. A ce bâton est attachée une ficelle qui tient dans le fond de la chambre à une voirie servant d'appât. Le loup, attiré par les traînées que l'on pratique pour la tendue d'un traquenard, entre et saisit l'appât ; il tire alors la ficelle, et entraîne le bâton qui tenait la porte en équilibre : celle-ci se ferme et l'animal est pris.

Tous ces détails de piéges et d'autres encore que nous omettons, donnaient grandement envie à nos jeunes amis d'organiser une chasse pour la destruction d'un ou plusieurs loups ; aussi, lorsque, dans la soirée, des paysans vinrent leur dire qu'ils avaient entendu hurler les carnassiers dans le voisinage, le bon oncle, de concert avec Thomas, Victor et Albert, prit la résolution de faire une traque le lendemain matin, à la condition cependant qu'il ne neigerait plus. Ce projet de chasse fit éclater la joie générale : on en parla toute la soirée et les jeunes gens en rêvèrent toute la nuit.

Le lendemain, à neuf heures, une société d'environ trente personnes se réunit devant la ferme. Thomas, à qui l'oncle d'Alfred et Victor avaient cédé l'honneur du comman-

dement, inspecta la troupe, fit quelques observations, et adressa des encouragements à.
chacun. Dans l'intervalle, deux forestiers s'é-
taient mis chacun à la tête d'une autre es-
couade de tireurs et arrivèrent au rendez-
vous : tous les deux étaient des chasseurs
intelligents ; on le devinait rien qu'à l'inspec-
tion de leur personne : liés avec Thomas, ils
furent reçus par lui avec joie et il leur serra
la main chaleureusement. Cette addition à
la troupe des chasseurs, ces fusils hérissés de
baïonnettes, ces piques, bien que rouillées,
tout cet appareil de guerre cynégétique fit
plaisir au vétéran; il redressa sa taille cour-
bée par l'âge, effaça ses épaules, inclina son
bonnet d'hiver sur l'oreille qui avait été gelée
dans les plaines de Smolensk, et mit en évi-
dence le ruban qui décorait sa boutonnière.
Il prit en même temps un air de dignité, et
adressa à tout son monde l'allocution suivante :

— Mes amis, vous m'avez choisi pour votre chef; je vous en remercie. Nos ennemis à
quatre pattes seront massacrés à la condition
que vous aurez du courage et que vous obéi-
rez à mes ordres. Mille bombes! au lieu d'a-
voir des loups devant nous, j'aimerais mieux

vous conduire à l'attaque d'un peloton de
Prussiens, et vous guider, comme je le fai-
sais de mes lanciers, au pas de charge sur le
chemin de la gloire.

Des bravos couvrirent la voix du vieux
soldat. Après un moment de silence, pendant
lequel il essuya une larme ardente au coin
de son œil, il ajouta : « Aujourd'hui ce n'est
plus la même chose. Pierre et Michel ont hier
au soir entendu le loup hurler dans la forêt ;
moi-même je les ai entendus ce matin : c'est
donc en plein bois que nous allons nous
rendre. Mais faites attention aux ordres que
je vais vous donner. D'abord, il ne faudra
faire feu sur le loup que lorsqu'il sera parfaitement à découvert... Défense de tirer dans
le bois ou dans la direction qui pourrait y
jeter une balle ; en tirant dehors de l'enceinte
on croise son feu et l'on ne craint pas d'acci-
dent... Ordre de rester chacun à son poste
invariablement et sans mot dire ; défense de
quitter sa place au bruit de la fusillade...
Défense de tirer sur un autre animal que le
loup... Ça y est ! allons, vous les traqueurs
de la troupe, hors des rangs ! Victor vous
commandera. Mon filleul Charles sera son
aide-de-camp ; et vous tireurs, mes amis,

suivez-nous, le frère de mon colonel et moi.
C'est ça mes enfants. La neige couvre le sol,
ce sera plus favorable pour votre chasse. Tenez bien vos armes, et en avant!

Les deux troupes se mirent en mouvement
avec plus de désordre que le bon Thomas ne
l'aurait voulu. Il marchait le premier avec
ses tireurs, et, quand il fut parvenu sur un
des côtés du bois, il les espaça à trente ou
quarante pas les uns des autres, leur recom-
mandant de se cacher tous derrière les arbres
et les broussailles, et d'observer le plus grand
silence.

Du temps que les tireurs se tenaient à leur
poste, les traqueurs, conduits par Victor, s'é-
chelonnaient à leur tour, munis d'instru-
ments bruyants, tels que tambours et pisto-
lets chargés à poudre.

Victor les plaça tous sur une ligne, en
commençant à droite, à trente pas du premier tireur, et en les espaçant autour de
l'enceinte du bois que l'on voulait battre,
jusqu'à quarante pas du dernier tireur de
gauche. Dans ces chasses-là, plus les traqueurs sont nombreux, plus le succès est
assuré.

Charles, placé derrière les batteurs, donna

au moyen d'une corne de chasse le signal de
se porter en avant. Un hourra répété s'éleva
aussitôt sur toute la ligne ; c'était comme un
charivari donné à la forêt : les uns pous-
saient des cris ; les autres soufflaient dans
des cornes de bœuf, qui servaient de trompe ;
quelques-uns frappaient sur une faux, sur
un vieux tambour, soufflaient dans un cor
bosselé, ou bien pressaient la détente d'un
pistolet chargé à poudre ; la ligne des batteurs s'avançait lentement et sans se rompre,
se resserrant graduellement à mesure qu'elle
marchait et se raccourcissait.

Les loups, — car effectivement il y en avait
dans l'enceinte de la battue, — épouvantés
par ce bruit, se retiraient devant les traqueurs et cherchaient à prendre la fuite ;
mais ils tombaient du côté des tireurs, qui,
attentifs et immobiles à leur poste, les
voyaient aussitôt qu'ils débuchaient. En une
heure on en tira quatre, grâce aux feux croi-
sés des fusils ; un cinquième, qui fut seulement blessé, parvint à s'échapper.

Les chasseurs victorieux rentrèrent les uns
aux villages voisins, les autres à la ferme,
portant les loups tués sur des brancards et
poussant des cris de triomphe. Thomas était

le plus fier de tous. Les deux collégiens, eni-
vrés par cette victoire inattendue, ne se pos-
sédaient plus ; à la vue de ces loups à la
gueule sanglante, dont les pattes ballot-
taient, — l'un des animaux étant tombé
sous les coups d'Alfred, — un sentiment na-
turel de bravoure impossible à décrire exal-
tait leur cœur ; ils se trouvaient montés au
diapason le plus grand de la félicité du chasseur, et ni l'un ni l'autre n'aurait reculé
devant l'attaque d'un ours du pôle, voire
même devant un jaguar du Brésil, s'ils s'é-
taient présentés devant eux.

III. — La chasse au blaireau, au lapin, à la loutre. — La prise d'un écureuil.

Après la fatigante journée de chasse qui
venait d'avoir lieu, la soirée ne fut pas pro-
longée ; on s'entretint comme la veille et les
jours précédents, Victor du blaireau et du lapin, Albert d'une loutre qu'il avait tuée quelque temps auparavant sur les bords de la
rivière, par un beau clair de lune, pendant
une des dernières nuits de l'automne. Charles

rappela la capture d'un jeune écureuil qu'il avait mis en cage.

Victor dit à ses amis qui l'avaient prié de raconter son histoire :

—Le blaireau ne sort que la nuit, fort tard, et regagne son terrier avant le jour. S'il est rencontré par des chiens, il n'a garde de se faire battre comme le renard : il se dérobe et se traîne au plus vite vers son terrier, duquel ordinairement il ne s'écarte pas beaucoup. Par le temps de neige et de grands froids, le blaireau ne sort de sa tanière que quand il y est forcé par la faim; il reste même deux ou trois jours avant de s'aventurer à faire une échappée, et l'on reconnaît cette sortie par la neige qui a bouché l'entrée du terrier ; aussi ne tue-t-on guère le blaireau qu'en le guettant à sa sortie, par le clair de lune, depuis la fin du jour jusque vers minuit. Lorsque l'on parvient à découvrir l'endroit où une femelle a mis bas, ce qui arrive au mois d'octobre pour ces animaux, on peut s'y mettre à l'affût en plein jour, attendu que les petits, dès qu'ils commencent à marcher, viennent, comme les renardeaux, s'ébattre au bord du terrier, le plus souvent accompagnés de leur mère. Le blaireau se défend vaillamment contre les chiens : il se couche sur le dos, se sert de ses ongles et de ses dents, avec lesquels il fait de profondes et dangereuses blessures ; aussi la difficulté de s'em_ parer de vive force de cet animal semble-t-elle avoir fait donner la préférence à différents piéges plus ou moins ingénieux dont on se sert pour le prendre. Voici la description des plus usités. A l'orifice du terrier d'un de ces animaux, vous placez une planchette dont vous appuyez le bout le plus près possible de la terre, l'autre bout est hissé sur un petit morceau de bois ; une corde attachée à la tringle mobile du bâtis est accrochée à la détente d'un fusil, fixé solidement sur des pieux placés en chevalet : l'animal ne pouvant ni sortir de son terrier ni y rentrer sans marcher sur la planchette, fait partir la détente et est infailliblement tué.

Voici la seconde espèce de piéges. A côté de la passée de cet animal, dans le sens de sa largeur, vous enfoncez deux forts piquets, dont le plus voisin du passage est troué, de façon à laisser passer une corde très-lisse ou, mieux, un fil de laiton ; le second piquet, peu distant du premier, est entaillé de manière à recevoir une petite poulie, sur laquelle tourne la corde, qui d'un bout a la forme d'un collet, et de l'autre est jetée sur la fourche d'un arbre voisin, et supporte à cette dernière extrémité une grosse pierre. Une petite cheville en bois posée très-légèrement dans le trou du premier piquet, sert à maintenir le collet ouvert : au moindre effort de l'animal quand il se prend, cette cheville tombe, la corde est entraînée par la pierre, et l'animal se trouve étranglé au piquet.

D'autres chasseurs attachent, la nuit, en l'absence du blaireau, un sac à l'entrée du terrier : une personne reste tout près de là, tandis qu'une autre fait une battue autour des champs avec un chien, pour forcer ces animaux à se réfugier dans leurs retraites.

Aussitôt que la personne placée à l'entrée du terrier s'aperçoit qu'un blaireau s'est enfermé dans le sac, elle en lie l'ouverture et emporte l'animal. Lorsque les blaireaux sont pris avant d'arriver à leur croissance, on peut facilement les apprivoiser. J'ajouterai que plusieurs piéges dont on se sert pour prendre les lièvres, les renards, etc., sont également employés pour le blaireau.

L'intelligence humaine, habile à détruire, fait plus pour anéantir les animaux que pour

les conserver. A dire vrai, quand cette destruction s'exerce sur des animaux dont la
trop grande multiplication serait nuisible,
elle doit être encouragée plutôt que blâmée :
la chasse au lapin est de ce nombre.

Le lapin sauvage diffère quelque peu du
lapin domestique, surtout par sa tête courte
et presque ronde, tandis que celle du lapin
domestique est plus allongée. La chasse du
lapin se fait au moyen de bassets ; elle ressemble beaucoup à celle du renard. Pendant
les belles journées, ce petit animal, qui rentre
fort tard du gagnage, se relaisse volontiers
dans les buissons voisins des gueules de son
terrier, près desquelles on va l'attendre pendant que les chiens le lancent. S'il échappe
au coup de fusil, au lieu de gagner la plaine,
il tournoie dans le plus fourré du bois, emploie ruse sur ruse pour mettre les chiens en
défaut, retourne avec précaution près de son
terrier, s'en éloigne rapidement s'il aperçoit
le chasseur, et se fourre étourdiment dans le
premier trou qu'il rencontre. On a vu quelquefois un malheureux lapin, poursuivi et
près d'être saisi par les chiens, se fourvoyer
dans un terrier de renard.

Si le lapin, continua Victor, était un gibier

aussi commun dans notre pays qu'il l'est
dans d'autres contrées, sa prodigieuse multiplication deviendrait un fléau. J'aurais encore bien des choses à vous raconter à ce sujet, ajouta-t-il, il faudrait vous parler des
lapins de clapier, des lapins de garenne, du
furet, qu'on emploie pour les forcer dans leur
terrier; de la chasse qu'on leur fait à l'aide
de panneaux, par la fumée, au moyen d'une
écrevisse etc..... Mais ces détails, sans actua-
lité pour nous à cette époque de l'année, ne
vous intéresseraient guère; j'aime mieux
vous entretenir d'un gibier que l'on rencontre encore quelquefois sur les bords de
nos grands ruisseaux et de nos rivières.
Voyons, Albert, conte-nous ta dernière chasse
à la loutre.

— J'ai été assez heureux, dit aussitôt le
jeune homme, pour tuer un de ces animaux
à l'affût, la nuit, sur les bords de la Loue, peu
de jours avant votre arrivée. J'avais parcouru d'abord les deux rives de la rivière,
afin de reconnaître sur le sable ses traces, qui
ressemblent beaucoup à celles du chat. Les
fumées de la loutre se reconnaissent aux dé-
bris d'arêtes de poissons, de coquillages et
d'écrevisses qu'elles contiennent; on les

trouve presque toujours à côté de quelque
pierre blanche sur le rivage. Dès que j'eus
compris par tous ces indices qu'une loutre
habitait sur ces bords, je m'y rendis à la nuit
tombante, et me postai sans bruit à quinze
ou vingt pas du lieu où j'espérais la voir arriver. J'étais derrière un buisson de saules et
à bon vent. Cette belle nuit de novembre n'é-
tait troublée que par le gazouillis de l'eau.
La lune brillait au ciel et se mirait sur les
flots de la Loue, tandis que les étoiles se bai-
gnaient dans sa compagnie. Attentif au
moindre bruit, j'étais tout oreilles et tout yeux
à mon affût, quand, vers onze heures, un fort
bruissement se fit entendre dans le miroir de la
rivière, et, comme l'eût fait une ondine, je vis
la loutre nager, se dresser ruisselante à la
surface de l'eau, replonger et se jouer dans
l'élément liquide ; enfin elle arriva d'un bond
près de l'affût où je l'attendais. Par précaution, mon fusil était armé; aussi je n'eus
qu'à mettre vivement en joue et à faire feu.
Mon coup de feu retentit dans la vallée à
cette heure nocturne, comme l'eût fait un
coup de canon; le vent de la nuit emporta la
fumée de la poudre au milieu du léger brouillard qui s'élevait à distance. La loutre, at-

teinte de trois chevrotines en pleine tête, fit pourtant encore un saut pour regagner la rive et retomber à l'eau ; mais ses forces la trahirent ; elle demeura étendue sur le sable en poussant encore quelques cris qui s'éteignirent bientôt. C'était très-heureux ; car il arrive presque toujours, lorsque ces animaux ne sont pas blessés à mort, qu'ils s'échappent, en gagnant la rivière et en y plongeant ; ils se noient alors sous quelque racine d'arbre et sont perdus.

La chasse de la loutre, si peu en usage de nos jours, était considérée autrefois comme un passe-temps fort agréable et fort lucratif; elle nécessitait l'emploi de chiens dressés à cet exercice. Les chasseurs se partageaient en deux bandes, pour côtoyer les rivières et pour battre le rivage avec les chiens ; si une loutre se trouvait dans les environs, on découvrait bientôt ses traces sur la vase. Presque dans tous les endroits où cela était possible, on amenait le niveau de la rivière aussi bas que possible, afin de mettre à découvert les bas-fonds, les roseaux et les racines d'arbre, qui sans cela lui auraient offert un asile. Chaque chasseur était armé d'une pique pour attaquer la loutre lorsqu'elle se présentait à

la surface de l'onde pour respirer. Si on ne
trouvait pas l'animal sur le bord de la rivière, on était sûr qu'il avait fait beaucoup
de chemin dans l'eau ; car quelques fois les
loutres s'éloignent à des distances considéra-
bles et aiment mieux remonter que descendre
les fleuves. Si les chiens faisaient partir une
loutre, le chasseur examinait ses pas sur la
vase pour reconnaître le chemin qu'elle pre-
nait ; les piques ou les lances servaient alors.
Lorsque la loutre n'est que légèrement blessée, elle court aussitôt à terre, où elle se
défend avec beaucoup d'opiniâtreté : elle
mord très-profondément celui qui veut s'en
emparer, et ne quitte jamais prise. Quand
elle saisit un chien, elle plonge avec lui dans
l'eau, et l'entraîne fort avant au-dessous de
sa surface. Une vieille loutre ne se rend jamais tant qu'elle conserve un souffle de vie.
La chasse des loutres a encore aujourd'hui
ses fanatiques, qui s'y livrent avec autant de
passion qu'à tout autre sport de ce genre. La
loutre est pour un vivier ce que le putois est
pour la basse-cour : elle tue plus qu'elle ne
peut manger, et emporte le reste dans sa
gueule. On a su tirer parti dans les pays du
Nord de son habileté à prendre le poisson, en

dressant la loutre comme chez nous on dresse
les chiens, ou bien comme autrefois on dres-
sait les faucons. Une loutre ainsi dressée
vaut un grand prix ; car elle peut fournir du
poisson pour l'entretien d'une famille.

La chasse à l'écureuil est plus amusante
que toutes les chasses dont nous venons de
parler.

— C'est vrai, fit aussitôt Charles. N'avez-
vous pas vu, mes amis, le joli écureuil qui,
depuis cinq ou six mois, tourne sur la fenêtre
du petit Henri Villiers, dans la roue, entre
ses deux maisonnettes de bois, peintes l'une
à la française et surmontée d'un coq trico-
lore, l'autre à la turque, avec un croissant de
cuivre doré? Rien n'est plus drôle que de le
voir sauter de l'une à l'autre cabane, et, tout
en passant, faire faire mille tours à sa roue.
Je connais peu de choses au monde qui puis-
sent faire autant de plaisir à voir. Dans le
commencement de cette exhibition en pleine
cage, les gamins des rues s'arrêtaient des
heures entières devant la fenêtre ; les dames
même trouvaient cela fort joli, et tout le
bourg était émerveillé. C'est à moi que reve-
nait l'honneur de la prise de ce divertissant
prisonnier. Au commencement de l'été der-

nier ; j'avais obtenu du principal de mon collége la permission de passer un jeudi chez
les parents de mon ami Henri... Oh ! c'est un
beau congé qu'un jeudi tout entier ! Par les
chaleurs d'été cette vacance est plus récréa-
tive, plus rafraichissante qu'un bain dans
la Loue. Mais je dis des bêtises... Or donc,
ce jeudi, de grand matin, je me trouvais
chez les parents d'Henri. Après un déjeuner
cueilli sur les cerisiers du verger, nous nous
mîmes en route pour aller vers un petit bois
de sapins, placé sur le mamelon d'une colline
qui ressemblait fort à la couronne du pays.
Ce bosquet a fort peu d'étendue : en courant
pendant un grand quart d'heure on peut facilement en faire le tour ; j'ajouterai qu'il
est isolé : aux environs on trouve à peine un
peu de terre sur des rochers ; sur ce sol pous-
sent des herbes balsamiques qui ne verdoient
qu'après les pluies. Nous arrivâmes là tous
ensemble, moi sixième : Henri et Louis, son
frère ; Adolphe et Auguste, ses cousins, et
Sylvestrine, leur sœur, bonne petite fille, à
qui nous avons fait bien de la peine. Nous
voilà rendus au petit bois. Il y avait une
heure que nous courions ainsi sous les arbres
ou dans les alentours, quand Auguste, levant

tout à coup les yeux vers le haut des sapins, se mit à crier :

— Oh! voyez donc là-haut! quel est cet oiseau qui vole? Quelle queue! Tiens, il n'a pas d'ailes! il possède quatre pattes, je crois. Pssst! le voilà bien loin. Arrivez, ohé! Charles, Henri; c'est un petit chat roux, de la même couleur que les pains d'épices de la foire.

Nous accourûmes; nous vîmes l'écureuil, et nous armant de bâtons, nous nous mîmes à sa poursuite. Etourdi par la chasse que nous lui donnions, le pauvre écureuil fit bien des tours; il se sauva, se cacha, disparut, et blessé enfin à la patte par mon bâton que je lui lançai, il tomba au milieu de nous; il était tout jeune encore. Je me jetai sur lui, je l'attrapai, et le tins bien, malgré la morsure qu'il me fit. Nous le plaçâmes aussitôt au fond du petit sac de Sylvestrine, qui nous appelait *cœurs sans pitié, bourreaux du petit écureuil*, qui nous priait de laisser la petite bête dans son petit bois, près de son arbre, de son nid et de sa mère.

Nous n'écoutâmes point Sylvestrine, et, de retour à la maison, nous pansâmes la jambe de la petite bête, qui n'était que légèrement blessée, et nous la mîmes en cage... Huit jours après Henri m'écrivait :

« Notre petit captif se porte à merveille ; il mange dans son château français, se repose sous le dôme de sa coupole turque, et pour se donner appétit, sommeil et gaieté, trotte, trotte dans sa roue, qui tourne, tourne, de la façon la plus gracieuse du monde. »

Il se faisait tard, et nos jeunes chasseurs cessèrent leur conversation. Thomas, qui n'avait pas sommeil, se mit alors à parler des loups qu'il avait tués le matin, des Tartares, des Cosaques qui avaient ravagé notre pays. Clara, à son tour, voulut terminer la soirée par une lecture du poète qu'elle aimait le plus, du grand homme dont la lyre a chanté tout ce qu'il y a dans certaines âmes de refoulement et de douleur, d'élans d'espoir et de secrets soupirs..... C'était une des meilleures poésies de Lamartine.

X. — La dernière soirée. — Une chasse au sanglier. — Conclusion.

Le lendemain soir de cette battue aux loups fut un triste jour; c'était la veille du départ de nos jeunes amis, qui rentraient au collége. Les chasseurs rassemblés devisaient comme d'ordinaire, dans leur petit cercle de famille, de leurs parties de chasse et de leurs études de collége. Chacun faisait sur ces sujets-là un petit discours qui avait bien son charme.

Dans le cercle, autour de la table, causaient l'oncle, Thomas, Victor, Alfred et Charles. Charles manifesta son étonnement que l'on n'eût rien dit encore du sanglier;

— Si ce n'était demain, dit-il, le jour fatal de notre départ, j'aimerais fort, pour ma part, à tuer un petit marcassin.

— Mon cher ami, répondit Albert, vous n'avez rien à regretter, car une chasse au sanglier eût peut-être aussi bien réussi que la traque au loup d'hier, quoiqu'avec plus de risques et de périls : ces sortes d'expéditions

sont à peu près passées de mode aujourd'hui;
une chasse à outrance contre une bête sauvage n'est plus de mise; l'honneur a cessé
d'exiger que l'homme tînt tête au gibier,
qu'il s'en emparât et le tuât ou se fît tuer
par lui. Le lion et le tigre ne sont pas de nos
pays ; quant aux sangliers, lorsqu'ils rava-
gent nos campagnes, on les tue pendant la
nuit dans une embuscade, ou bien l'on paie
une prime annuelle aux villageois, pour les
mettre à mort, comme des chiens enragés ;
mais qu'un jeune chasseur aille risquer des
palpitations de cœur, sa vie peut-être, en
faisant assaut de plain-pied avec un pareil
animal au fond d'un bois, ce serait folie, et il
est bien plus sage de lui lâcher un bon coup
de fusil lorsqu'on se trouve posté en un lieu
sûr, sur un arbre par exemple. L'histoire
écrite de tous les malheurs arrivés à la chasse
ou plutôt à la guerre au sanglier, serait d'un
intérêt tout mélodramatique; les écrivains
anciens ont exprimé l'horreur qu'inspirent la
férocité et la sauvagerie de cet animal, en
l'opposant au plus beau des chasseurs. Le
jeune Adonis fut mis à mort par un sanglier, et c'est en triomphant de celui d'Ery-
manthe qu'Hercule, le dieu des douze travaux,

acquit une de ses plus belles gloires. Il y a
en outre une foule d'autres traditions mytho-
logiques, anciennes, féodales, modernes ; des
récits de poètes que vous connaissez aussi
bien que moi. Il y a en effet dans le puis-
sant courroux de cet animal, dans son allure
et ses apparences farouches, une sorte de
poésie qui le distingue de la grossière ineptie
de la race domestique du cochon.

— Vous avez bien raison, Albert, observa
Thomas ; le sanglier est une bête assez dangereuse. Quand on a affaire à un *ragot* de
trois ans, ou à un *quartenier*, il faut être sur
ses gardes ; il est plus agréable de le rencontrer *marcassin* ou *bête rousse*, c'est-à-dire
quand il est jeune encore. Lorsque la soie
grisonne sur son corps, quand il est devenu
vieux solitaire, miré avec ses défenses, on se
croirait en face d'un fort menaçant d'une
troupe sans artillerie ; la balle atteint difficilement un sanglier ; il faudrait presque le
frapper de mitraille, et l'arme blanche, la pique ou la lance, deviennent souvent néces-
saires : moi-même, j'en ai autrefois frappé
un au défaut de l'épaule, en compagnie de
notre voisin M. de Belmont.

Victor continua en ces termes :

— Le sanglier vit ordinairement seul, en hiver il se tient loin du voisinage des hommes, dans des espèces de forts hérissés d'épines ; en été il rôde sur la lisière des bois ; pendant la nuit il fait des sorties pour ravager les champs. Il se nourrit de vers, de racines, de glands, de faînes, de noisettes, de petits lapins, de petits lièvres, d'œufs de perdrix, de perdreaux, de légumes et de graines ; il fait beaucoup de bruit en mangeant, ce qui dévoile sa présence dans l'obscurité. Quand il est alarmé, au lieu de fuir, il s'arrête pour reconnaître le péril, ce qui donne le temps de l'ajuster.

Comme péroraison à tous ces entretiens sur la chasse, coupés, repris, produits sans art, l'oncle ajouta :

— On est vraiment content et glorieux quand, après une journée de chasse bien fatigante, on étale aux regards ébahis de sa famille et de ses amis sa carnassière pleine et sanglante ; cette joie est indicible ; et l'on porte la gloriole jusqu'à chercher le nombre de grains de plomb qui ont abattu la gélinotte ou la caille, les chevrotines qui ont traversé le ventre ou brisé la patte du lièvre ; on caresse le bon chien, dont la vive allure té-

moigne la part qu'il a prise au triomphe; on
suspend la poire à poudre et la petite gourde
qui contient le liquide généreux qui a
ravivé notre ardeur; on remet à sa place le
volume inachevé dont la lecture nous a en-
dormis sous l'ombrage à l'heure brûlante de
midi, et l'on s'est rapidement dépouillé de
tout son harnais de chasseur. C'est vraiment
une délicieuse soirée que celle qui suit une
journée de chasse bien fatigante, bien con-
duite, et qui s'est passée sans malheur; une
journée où son arme n'a pas éclaté, parce
qu'on l'avait, par mégarde, bourrée d'une
double charge; où l'on ne s'est pas exposé
à un suicide en sautant un fossé, à un homi-
cide en prenant un ami pour une pièce de gibier, ou, au retour, en démontant son fusil,
à une détonation imprévue qui aurait jeté l'é-
pouvante dans la famille. Sauf les accidents
de cette espèce, qu'avec un peu de sagesse
on peut ou doit éviter, la chasse, il faut en
convenir, est aujourd'hui un passe-temps
bien pacifique, un divertissement civilisé,
qui n'a plus rien de son ancienne sauvagerie,
auquel par goût, par fantaisie, par égarement
tous peuvent se livrer.

Au moment où cette conversation en était

là, la lune qui depuis longtemps s'était levée belle et radieuse et inondait le ciel étoilé et la terre couverte de neige des flots de sa blanche lumière, vint mêler dans la chambre ses lueurs à celle de la lampe qui éclairait le salon. Clara, Charles et Alfred, ne pouvant commander à leur curiosité, ouvrirent la fenêtre pour regarder au dehors. Ils eurent aussitôt devant leurs yeux comme deux océans immenses, mariant dans l'ombre, aux limites de l'horizon, leurs couleurs solennelles : la terre éclatante de blancheur, ruisselante de cristaux, et argentée de reflets éblouissants ; et tout là-haut, le ciel sans nuages, azuré comme un immense saphir et constellé de ses myriades de mondes de lumière au milieu de cette voûte sublime, que gouverne leur Créateur.

A voir sur la terre toutes ces montagnes, toutes ces vallées recouvertes de neige d'une blancheur sans tache, on eût dit autant de seins soulevés par autant de soupirs ; aspirations muettes, élans secrets de la nature vers celui qui les créa. Fascinés par son charme, les deux amis et Clara jetaient involontairement cette exclamation : « Oh ! qu'une nuit d'hiver est belle ! » Et un instant après, leurs

jeunes voix se réunirent de nouveau pour
chanter l'hymne que voici :

Que tu reposes doucement
Sous ton reluisant vêtement,
O mon pays! douce patrie!
Du printemps aime les chansons,
De l'été les riches moissons,
De nos prés la gaze fleurie.

Quand tu dors en tes blancs habits,
Neige, glaçons, brillants rubis,
L'agneau ne court plus dans nos plaines,
L'oiseau du bois cesse ses chants,
L'abeille ses bourdonnements;
Et pourtant j'aime nos grands chênes

Où mille et mille diamants
Scintillent en reflets charmants
Sur la grise écorce des arbres.
Quelle main étend ce manteau
Et forme aux sources du coteau
Leurs blocs de cristaux et de marbres?

C'est la main qui dressa le ciel
Et dans les fleurs versa le miel,
Qui toujours bénit et protége;
Qui mit l'hiver en plein sommeil
Et fait renaître le réveil
Sous sa blanche couche de neige.

Bientôt reviendra le printemps,
Zéphir soufflera dans nos champs

Sa suave et plaintive haleine ;
Tout se ranime et tout revit,
Quand la terre au ciel bleu sourit
Avec sa couronne de reine.

Un profond silence succéda à ce chant, qui
semblait improvisé. Thomas fut le premier à
le rompre.

— J'aime beaucoup qu'on chante, s'écria-
t-il, et qu'on chante bien ; un beau chant, de
la belle musique, ça vous enlève ! La nôtre
musique, celle du 2°, nous faisait trotter
comme des chèvres ; en l'entendant il fallait
se battre ; elle nous cornait la victoire aux
oreilles !

— Oui, reprit l'oncle, la musique élève
l'âme et la fait épanouir ; cette mystérieuse
harmonie rend par des sons les sentiments
qui font battre le cœur, qui mettent des larmes dans les derniers adieux de Weber, comme la poésie en a mis dans les derniers
adieux de Gilbert. Heureux les pays où l'on
sait comprendre tout cela ! Heureuse est la
France, terre d'inspirations, de religieuse rê-
verie, d'esprit de famille patriarcal et tou-
chant. Certes, je n'oublierai de ma vie ces
saintes et délicieuses soirées dont la musique
est l'âme, où une mère chante, où une jeune

fille et des petits enfants l'accompagnent. Je
vois avec plaisir, mes amis, qu'elle fait partie de votre éducation : cultivez-la, vous ferez
bien. Puis travaillez à toutes vos autres études avec énergie, avec amour ; l'arbre que
vous plantez à présent portera ses fruits
dans l'avenir : faites que par la bonté de vos
mœurs, de la sagesse de vos jeunes années, la
lumière, la rosée et les brises du ciel lui arrivent et le fassent devenir grand et fort. A
l'âge heureux où vous êtes, où le cœur, devenu plus expansif, cherche à s'attacher de
tout ce qu'il a d'enlacements, sachez bien
aimer vos amis, vos maîtres, vos parents, et
Dieu surtout, dont la pensée doit présider à
toutes les affections de la vie.

On écouta l'oncle avec la plus vive attention et un grand respect.

Quand la soirée fut finie et que chacun se
retira, les deux amis vinrent lui presser la
main ; ce fut comme une bénédiction patriarcale.

Le lendemain, veille du nouvel an, était le
jour fixé pour le retour au collége. Alfred
passa la matinée à écrire à son père, à sa
mère, à la petite Emma. Charles souhaita de
même la bonne année à ses parents. Les

lettres furent remises à Victor et à Thomas, qui, ce jour-là, quittaient aussi la ferme pour retourner à leurs études.

Vers midi, au milieu des souhaits, des embrassements et des adieux, les quatre hôtes quittèrent la ferme ; deux d'entre eux, qui reconduisaient Albert, étaient tout tristes : c'est qu'ils songeaient qu'ils ne respireraient plus de quelques mois l'air libre des montagnes, qui fait tant de bien au corps, alors même que la neige les recouvre. Ils se disaient qu'ils quittaient une famille où ils laissaient de douces affections, un bon oncle, et l'aimable Clara. Quand il fallut se séparer d'Albert, des deux bons chiens qui, toujours fidèles, les accompagnaient au départ, ils pensèrent à leurs chasses récentes dans ces monts recouverts de forêts blanchies dont ils voyaient les cimes disparaître, et Alfred qui sentit son cœur se serrer, resta un long moment rêveur, tandis que Charles versait une larme.

A leur rentrée au collége, leur visage était rasséréné : les deux amis avaient repris leur front riant et leur gaieté d'écoliers. La nouvelle année commença le lendemain ; il y eut bien des vœux d'heureux avenir échangés dans *tout ce petit peuple* : qu'il reçoive aussi les miens, qui sont sincères, et que je souhaite renouveler ainsi toutes les années.

FIN DES VACANCES DE NOEL.

UNE HISTOIRE DE CHASSE

L'été produit toujours une grande quantité d'anecdotes étranges et de nouvelles dramatiques. Chaque jour, la presse périodique livre à la curiosité de la foule une confortable ration d'événements singuliers et de récits palpitants d'intérêt. Pendant les vacances parlementaires, les discours de certains orateurs ont été avantageusement remplacés par les faits et gestes des serpents de mer et de quelques autres monstres dignes de fixer l'attention publique. Les aventures les plus romanesques, les héros les plus terribles se sont dressés à l'horizon libre de nuages politiques. Les rapts, les suicides, les enlèvements, les meurtres, les accidents les plus inouïs, les crimes les plus invraisemblables, se sont succédé sans relâche et ont ému pro-

fondément les lecteurs de journaux. Car tous
les journaux, et même les plus conscien-
cieux, doivent répéter ces nouvelles; s'il fallait
remonter à l'origine et aux preuves d'une
anecdote, on ne la raconterait que lorsqu'elle
serait déjà vieille et oubliée. Un bon journal
ne doit avancer de son chef que des faits dont
il est sûr, mais son devoir est de tenir ses
lecteurs au courant de tous les événements,
qui, à bon droit ou par surprise, ont reçu le
sacrement de la publicité.

Pour reposer le public de toutes ces nouvelles saisissantes et à grand spectacle, voici
l'automne qui nous ramène doucement aux
choses simples et naïves. Le vent d'octobre
a soufflé sur la fantasmagorie de l'été ; octobre est le mois du retour pour la plupart des
voyageurs que la belle saison a dispersés
loin de Paris ; la *villegiatura* finit, et ceux
qui reviennent rapportent avec eux de fraîches nouvelles ; des récits ingénus et des
anecdotes empreintes de la candeur cham-
pêtre. Après tant de romans prodigieux, et
de drames farouches, il est doux d'entendre
raconter une de ces histoires simples et sans
art que la renommée dédaigne, mais qui parfois font sourire un auditeur bienveillant.

Deux amis, qui avaient passé l'été à la campagne, chacun de son côté, l'un en Normandie et l'autre en Bretagne, se rencontrèrent hier au Théâtre-Italien. Ils parlèrent longuement de leurs plaisirs; la conversation roula particulièrement sur la chasse, et à ce propos l'un d'eux raconta l'histoire qu'on va lire :

Vous connaissez Pluvinet, ou plutôt vous ne vous le rappelez pas. Cependant je vous ai fait déjeuner avec lui l'hiver dernier, après ce fameux bal déguisé où nous avons vu figurer l'élite de la littérature. Cherchez bien dans votre mémoire. Ne vous souvenez-vous pas d'un original qui était placé à côté de vous, je crois... un homme entre deux âges, prétentieux, bavard, et qui vous parla de votre oncle, son camarade de collége? Eh bien! ce M. Pluvinet que vous n'avez pas remarqué, est le plus grand anecdotier de Paris. Il y a des gens qui, en fait d'anecdotes, exploitent une spécialité, mais M. Pluvinet est un conteur universel ; quel que soit le sujet de la conversation, il a toujours quatre ou cinq histoires toutes prêtes, et, ce qui détruit le charme de ses histoires, c'est que M. Pluvinet en est toujours le héros.

Si vous allez souper, Pluvinet ne tarit pas
en contes gastronomiques ; il vous décrit tous
ses festins et toutes ses conversations avec
Brillat-Savarin et ce pauvre marquis de
Cussy qui vient de mourir, emportant avec
lui les dernières traditions de la gastronomie
élégante et spirituelle. S'il s'agit d'un duel,
Pluvinet s'est battu vingt fois ; dans son dernier combat, il avait pour adversaire un An-
glais qu'il a failli tuer : il ne s'en est fallu
que d'un scheling que le gentleman avait
dans sa poche et que la balle a rencontré ;
ce qui prouve qu'avec de l'argent on se tire
toujours d'affaire. Parlez-vous littérature,
Pluvinet vous racontera l'histoire secrète de
tous les écrivains et de toutes les femmes de
lettres de l'époque. Si l'on met la guerre sur
le tapis, Pluvinet a été militaire, et vous le
suivrez dans le récit de ses campagnes ; il
vous dira ses beaux faits d'armes sur les
champs de bataille, et ses prouesses de gar-
nison ; il vous répétera les flatteuses paroles
du maréchal *** qui, un jour, après une
revue, lui dit : — « Capitaine Pluvinet, votre
compagnie se distingue par son admirable
tenue et sa précision dans la manœuvre. Je
vous en félicite, et je vous ferais volontiers

nommer chef de bataillon, si vous n'étiez pas un si excellent capitaine. »

M. Pluvinet arriva au château de Saint-*** le mois dernier pour l'ouverture de la chasse. Il faut vous dire que la chasse est un chapitre sur lequel Pluvinet est encore plus impitoyable que sur tous les autres, car il a pour cet exercice une prédilection marquée; il mène de front la théorie et la pratique, et sa conversation sur cette spécialité n'est pas nourrie seulement de souvenirs, mais elle s'enrichit tous les jours de nouveaux épisodes. Tous les vieux diables, vous le savez, tous les hommes de loisir qui ont eu une jeunesse galamment occupée, ont à choisir entre deux passions quand l'âge est venu : de même que les femmes, en pareille circonstance, se font dévotes ou bas-bleus, ils se font chasseurs ou gastronomes; quelquefois l'un et l'autre, mais rarement, car la nature s'oppose presque toujours au cumul. Pluvinet est donc un intrépide chasseur, et il a sur son thème favori des centaines d'histoires dont il nous assassinait au château de Saint-***; c'étaient des contes étranges, dignes de M. de Crac, et qu'il fallait subir tous les jours.

Les anecdotes de M. Pluvinet criaient ven-
geance, et nous étions au château une demi-
douzaine de jeunes gens qui avions formé le
projet de punir le conteur et de modérer sa
verve par quelque bonne mystification. Rien
de plus facile que de former ce projet, mais
quelle ruse imaginer? Nous étions fort em-
barrassés, lorsque dans une promenade à
cheval, le hasard nous conduisit à un village dont on célébrait la fête.

Pluvinet n'était pas avec nous, car il ne
monte jamais à cheval ; sa haine pour l'équi-
tation est fondée sur plusieurs anecdotes
très-respectables. Tout en nous promenant
sur la grande place du village, animée de
jeux et de spectacles forains, nous rêvions à
notre complot, lorsque nous aperçûmes parmi
les peintures exposées en guise d'affiches par
les bateleurs, un tableau dont il était impossible de distinguer le sujet, mais dont la lé-
gende très-lisible portait ces mots : « Admi-
» rable spectacle d'un prodige de la nature
» et de l'éducation ! Ici l'on voit le lièvre bel-
» liqueux !! Il faut le voir pour le croire !! Cet
» animal surprenant se bat en duel avec son
» maître, ou avec une personne de la so-
» ciété !!! »

Nous entrons, nous assistons au spectacle du lièvre belliqueux, et nous sommes enchantés, car le lièvre qui se bat en duel nous fournit cette mystification que nous cherchions vainement depuis trois jours. Nous prenons des arrangements avec le propriétaire du vaillant animal, nous disposons tout de manière à ce que la plaisanterie ait un plein succès, nous préparons à M. Pluvinet une aventure qui surpassera tout ce qu'il a vu, tout ce qu'il a imaginé et tout ce qu'il raconte en fait de chasse.

Le lendemain nous nous mettons comme à l'ordinaire en campagne avec M. Pluvinet; nous n'emmenons que deux chiens; un de nous a mission de les égarer loin du lieu de la scène; moi, sous un pretexte indifférent, je charge le fusil de Pluvinet, et je ne le charge qu'à poudre. Nous traversons un petit bois : tout-à-coup Pluvinet s'arrête, et nous montre à trente pas un beau lièvre assis au bord d'un fossé... — A moi le coup, dit Pluvinet. Nous n'avons garde de lui disputer cet honneur. Le lièvre tourne la tête et regarde intrépidement son adversaire. — Voilà, dit Pluvinet, un drôle bien insolent, vous verrez qu'il ne me fera pas l'honneur de fuir, et

que je n'aurai pas le plaisir de le tuer à la
course... C'est égal, mon camarade, ton affaire est bonne, et je t'invite à souper ce soir
avec moi. »

Cela dit, Pluvinet ajuste le lièvre belliqueux ; le coup part, et l'animal, pour montrer qu'il n'est pas blessé, fait avec la tête un
petit mouvement plein de grâce et d'ironie.
— « C'est trop fort! s'écrie Pluvinet ; man-
quer à trente pas un lièvre au repos, moi!...
Mais voyez donc! il ne se sauve pas!... » A
peine Pluvinet avait-il prononcé ce peu de
mots que le lièvre avance ses deux pattes de
devant, ramasse dans l'herbe un petit pistolet de poche, élève l'arme à la hauteur de
l'œil, vise Pluvinet, et tire... Puis il se sauve
sans lâcher le pistolet, et disparaît à travers
les bruyères. Son maître, qui était caché dans
le fossé, disparaît avec lui.

Rien ne saurait vous peindre la stupéfac-
tion de Pluvinet ; il resta pendant quelques
minutes sans mouvement et sans voix. Nous
feignîmes de partager son profond étonnement, et nous rentrâmes tous au château, si-
lencieux et consternés.

Quand je quittai le château de Saint-***,
Pluvinet était encore malade de cette aven-

ture et du saisissement qu'elle lui a causé.
Hier, j'ai reçu de ses nouvelles ; on m'écrit
qu'il est parfaitement rétabli, mais que depuis
qu'il a essuyé le feu d'un lièvre, il a complète-
ment renoncé à la chasse et à ses anecdotes.

UNE CHASSE AUX SANGLIERS

C'était par une soirée de septembre, une soirée des plaines de la Beauce, brûlante et sèche, et pour tous autres que les habitants du pays, suffocante et intolérable. Et s'il passe dans ces champs après la moisson, le voyageur qui a parcouru le Levant y croit revoir les sables déserts de l'Arabie, et craint que, du midi, le simoun d'Afrique ne s'échappe encore pour faire courber sa tête.

Deux forêts s'étendaient gigantesques sur l'infini des plaines, et semblaient être les ombres de cet immense tableau ; elles n'étaient séparées à leurs pointes que par un champ de cent pas de largeur.

A cet endroit étaient assis deux chasseurs sur une touffe de bruyère, à la lisière de la forêt, qui pour eux se trouvait au midi, et dont le taillis leur procurait de l'ombre.

L'un d'eux, fils du sol qu'il foulait à ses
pieds, eût pu, comme une partie des habitants qui le cultivent, représenter le type des
Gaulois, leurs ancêtres, chasseurs des forêts
druidiques que, pour toujours et depuis longtemps, la cognée du bûcheron a jetées par
terre. Aussi le soleil a-t-il bruni les cheveux
blonds de la race; mais, s'il a rendu plus fon-
cée la teinte d'azur des yeux de leurs pères,
il n'a pu l'enlever entièrement en eux.

Sa taille de cinq pieds six pouces était parfaitement prise, quoique mince, et ses mem-
bres bien attachés témoignaient en même
temps la force et l'agilité : il était vêtu d'un
pantalon et d'une veste de toile, et chaussé
d'une paire de brodequins. Son attirail de
chasse se composait d'un carnier de fil, d'un
coutelas et d'un énorme fusil double, de trois
pieds et demi de canon, au calibre propor-
tionné.

Son compagnon était la contre-partie du
portrait que nous venons d'esquisser. Il était
de très-petite taille, mais bien fait; sa figure
était jolie, sa peau fine, ses yeux noirs, et
ses cheveux blonds artistement frisés s'é-
chappaient en touffes soyeuses d'un chapeau
de latanier. Sa physionomie était pleine
d'expression et de mobilité.

— Mon cher Paul, dit ce dernier à son ami, vas-tu encore me laisser longtemps dans cette fournaise ? Je crois vraiment que l'air de la forêt est encore plus étouffant que celui de la plaine ; tiens, regarde comme la chaleur m'a gercé la figure.

— Eh ! mon pauvre Camille, je t'ai promis du gibier, mais non pas toutes tes aises ; libre à toi, du reste, d'aller te rafraîchir au soleil, comme tu parais le désirer. En attendant, buvons un coup.

Et tirant de son carnier une gourde aplatie, avant la fin de sa croissance, entre deux planches, et qui, par conséquent, tenait peu de place, il la déboucha et l'offrit à son ami.

Celui-ci eut à peine goûté de son contenu, qu'il l'éloigna aussitôt de ses lèvres.

— Pouah ! que c'est chaud et mauvais.

— Bois, malgré cela : d'ici à trois heures tu ne trouveras pas d'autres rafraîchissements.

— Tu appelles cela un rafraîchissement, toi : du vin blanc chauffé et ballotté depuis ce matin ; tu n'es vraiment pas délicat.

Cependant la fatigue l'emportant sur le dégoût, il avala quelques gorgées en faisant la grimace.

— Quand on n'a pas ce que l'on aime, il

faut aimer ce que l'on a ; et ce disant, Paul ingurgitait la plus grande partie du liquide.

Et il allait par forme de péroraison s'étendre sur une touffe de bruyère, quand son chien, beau griffon de la plus haute taille, se mit le nez au vent et gronda sourdement.

— Qu'est-ce que c'est que cela, Nemrod ? allons, ma bonne bête, cherche !

Mais le bon chien ne bougea point ; il fit seulement entendre un aboiement étouffé que celui de l'autre chasseur répéta.

— Le père La Ramée nous amène un renard, c'est sûr ; le vieux madré est bien capable de nous le faire passer aux jambes ; il sait que nous sommes ici et veut te faire tuer la bête afin de saigner ta bourse.

— A quoi vois-tu cela ?

— Je ne vois pas du tout cela, mais j'en devine une partie ; et quant au reste, ce qu'il y a de certain, c'est que mes gardes et leurs chiens mènent un gibier quelconque. Nemrod entend fort bien, et avant cinq minutes tu entendras toi-même.

Effectivement, les deux chasseurs ouïrent bientôt de faibles aboiements de chiens ; puis le bruit devint plus fort et permit à Paul d'en distinguer le sens ; alors sa figure s'illumina d'espoir et d'anxiété ; il se jeta l'oreille contre terre afin de mieux entendre.

— Un loup, un loup, un sanglier peut-être, qu'en dis-tu, mon brave chien?

Et le chien, la queue basse, poussa un long aboiement.

— C'est bien, c'est bien ; à présent, tais-toi, ou...

Et la menaçante crosse de fusil envoya tout tremblant le pauvre chien se coucher au pied d'un taillis. Paul, lui, écouta de nouveau.

— C'est un sanglier ! Camille, entends-tu quels hurlements ? oh! c'est un sanglier, et même un vieux, un vieux routier, entends-tu ?

— Parbleu, j'entends des chiens aboyer, pas davantage.

Paul s'était levé rapidement, et les premières bourres de son fusil enlevées avaient laissé le plomb couler à terre pour faire place à des balles que sa baguette de fer enfonçait à coups redoublés.

Camille alors se disposa à imiter son camarade.

— Non pas, non pas, laisse le plomb ; des balles par-dessus, sortant d'un fusil excellent pour chasser des puces : elles seront bien inof-

fensives sur la vieille couenne qui les rece-
vra, mais ton plomb pourra aveugler la bête.
Il tira ensuite une laisse de sa carnassière
et attacha les deux chiens au pied d'une cé-
pée, les menaçant pour les empêcher d'a-
boyer.

— Et pourquoi attacher les chiens?

— Parce que Nemrod irait se faire éventrer
du premier coup, et que Slatonne se jetterait
dans nos jambes; or, il nous faudra tout-à-
l'heure avoir le pied aussi sûr que l'œil, camarade.

Ce disant, Paul ouvrit la crosse de son fusil, il en tira une forte baïonnette cambrée
pour pouvoir suivre la courbure de la crosse
qui lui servait d'étui, et l'ajusta au bout de
ses canons. Puis il redressa le baudrier de
son coutelas.

Le bruit, qui avait semblé faire un quart
de cercle autour de nos chasseurs, parais-
sait alors arriver directement à eux.

— Je savais bien que le père La Ramée nous
amènerait la chasse; et puis, c'est le plus
court pour le gibier qui veut gagner l'autre
forêt. Attention ! les voilà qui arrivent.

On entendait alors distinctement les aboiements des chiens, la voix plus lointaine des

gardes, et comme des coups de hache sur les jeunes chênes.

Et en trois sauts Paul s'élança au-devant de la bête ; celle-ci, sans se déranger, se précipita sur le nouvel assaillant ; mais les chiens, à la vue du maître, s'approchèrent davantage: l'un s'élança pour lui saisir l'oreille, mais il ne rencontra que la défense de son ennemi, qui, le décousant, le jeta à trois pas ; après cet exploit, l'animal continua sa course vers celui qui lui barrait le passage.

— Tu as la peau trop dure pour qu'on te tire à plus de vingt pas. Toi, Camille, attention ! s'écria le chasseur du plus grand sang-froid du monde.

Puis, quand il jugea l'animal à portée, il fit feu : la balle alla frapper la défense du sanglier, qu'elle brisa ras la mâchoire, mais sans lui faire d'autre mal.

La bête s'arrêta alors ; mais, plus furieuse que jamais du coup de fusil que lui tira à son tour Camille, elle se précipita plus rapide.

Camille lâcha son second coup à une dizaine de pas, sans autre résultat que d'aplatir sa balle sur le dos de son ennemi, qu'il voulut éviter, en se jetant de côté lorsqu'il le vit tout près.

Mais ses jambes ne purent d'un saut le

dérober aux regards de son redoutable adversaire, qui se détourna pour le poursuivre, et qui l'eut bientôt atteint.

D'un coup de boutoir il le jeta par terre. Par bonheur, il ne lui fit pas grand mal; mais s'acharnant sur le malheureux, la bête allait lui ouvrir la poitrine d'un coup de la défense qui lui restait, quand tout à coup la baïonnette de Paul disparut tout entière dans son flanc. Le sanglier se retourna tout d'une pièce, et, du choc, cassa le fer, qui resta dans la plaie.

Il tenta un dernier effort pour se venger du nouvel assaillant, mais les chiens n'avaient pas plus tôt vu le chasseur se précipiter sur le sanglier, qu'ils s'étaient élancés, et les deux plus hardis l'avaient coiffé du premier élan.

— Tenez bon! mes braves, tenez bon! Et s'approchant de l'animal du côté où sa balle l'avait désarmé, il lui donna le dernier coup en lui enfonçant son coutelas jusqu'au manche, au défaut de l'épaule.

FIN.

TABLE

—

FIN DE LA TABLE.

Limoges. — Imp. E. Ardant et Cᵉ.

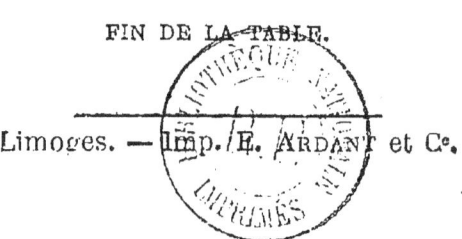

www.ingramcontent.com/pod-product-compliance
Lightning Source LLC
Chambersburg PA
CBHW070800280626
47162CB00016B/1564